À L'ENCRE DE TON CŒUR

MONTGOMERY INK

CARRIE ANN RYAN

À L'ENCRE DE TON CŒUR

Une romance Montgomery Ink
Carrie Ann Ryan

À l'encre de ton cœur
Une novella Montgomery Ink
par Carrie Ann Ryan
© 2013 Carrie Ann Ryan
eBook ISBN : 978-1-950443-55-0
Print ISBN: 978-1-63695-098-3

Traduit de l'anglais par Alexia Vaz pour Valentin Translation

À L'ENCRE DE TON CŒUR

Dès l'instant où Shea Little entre dans sa boutique, Shep Montgomery sait qu'il fera tout pour conquérir son cœur... et accéder à son lit. Dommage qu'elle ait dressé des barrières de glace qui refroidissent tous les hommes qui s'approchent. Shea a ses raisons, et elle ne les dit à personne, pas même à l'homme qui la fait défaillir – une première dans sa vie.

Un rapprochement peut tout changer. Pour eux, ce n'est que le début.

— VOUS POUVEZ RENDRE ses seins plus gros ?

Shepard Montgomery haussa un sourcil, mais ne dit rien. Honnêtement, il n'y avait rien qu'il pouvait dire à ce moment-là sans éclater de rire.

Ou sans assommer carrément ce mec.

— Non, vraiment. Je veux que ses seins soient, genre, énormes. Bien plus gros que celle de Justin.

Shep cligna des yeux.

— Celle de Justin ? demanda-t-il d'une voix traînante et rauque.

Sérieusement, ce gamin allait l'achever.

Le client ricana.

— Oh, vous voyez ce que je veux dire. Justin. Mon pote ? La meuf qu'il s'est fait tatouer dans le dos a de gros seins. Je veux que ceux de la mienne soient plus gros.

Shep ferma les yeux, essayant de penser à une façon délicate de dire que non, il ne voulait pas tatouer ce puceau d'une femme aux gros seins juste parce qu'il voulait humilier son pote. Oh et l'autre était un beauf dans tous les sens du terme. Ces deux novices devaient être les étudiants les plus ignorants à être jamais entrés dans la boutique pour demander que Shep leur tatoue tout qu'ils voulaient. Bien sûr, il n'avait pas tatoué Justin, mais tout de même... Ces gars se moquaient de savoir qu'ils devraient vivre avec ce tatouage merdique pour le reste de leur vie (non pas que Shep fasse de mauvais tatouages) juste parce qu'ils étaient de putains d'idiots.

Shep devrait juste dire à ce crétin d'aller se faire voir, mais c'était son travail. Il ne devrait probablement pas être si honnête.

Non, attendez, il se moquait en fait de savoir ce que ce type pensait de lui.

Ce n'était pas comme s'il *essayait* d'avoir le meilleur service client des salons de tatouage de la ville.

Oh non, il s'en tapait.

— Non, gamin, je ne vais pas te tatouer une

femme aux gros seins pour que tu mettes la honte à ton pote.

Le jeune écarquilla les yeux, puis les plissa de cette manière caractéristique du gosse de riche, pourri gâté, qui vivait aux crochets de papa.

— Hé, je paye. Tu le fais, mon pote. Je ne vois pas le putain de problème. Je veux juste une meuf avec de gros seins dans le dos. De plus gros nichons que la pute de Justin.

Shep posa lentement le stylo avec lequel il s'était apprêté à prendre des notes et il recula son tabouret. Sa carrure de deux mètres rendait la manœuvre difficile, mais il s'en moquait totalement à ce moment-là.

— D'accord, *mon pote*, voilà comment ça va se passer. Tu ne te feras pas tatouer ici. Pas maintenant. Peut-être jamais. Tu penses que ton argent te donne le droit de venir dans la meilleure boutique de La Nouvelle-Orléans et de te montrer autoritaire comme si tu étais le patron de cet endroit ?

— C'est ton *travail*, cracha le petit crétin.

— Non. Mon travail, c'est de mettre de l'encre sur une toile. Cette toile s'avère être de la peau. Mais aujourd'hui ? C'est hors de question. Pas sur toi. Tu seras le bienvenu si tu reviens quand tu auras une idée de ce que tu veux te faire tatouer, mais pas maintenant. Tu veux la tronche étrange d'une meuf, un truc banal dans ton dos ? Ce n'est même pas une pin-up sexy traditionnelle. Non. Ce n'est pas ainsi que ça fonctionne. Tu veux de plus gros seins sur ton tatouage parce que tu veux surpasser ton pote ? Mec, si tu n'as pas la plus grosse queue, ce n'est pas un tatouage qui va t'aider.

Le gamin cligna des yeux, une teinte cramoisie montant lentement sur ses joues à cause de la colère ou de l'embarras, probablement un mélange des deux, ce qui lui donnait un air encore plus jeune que ses dix-neuf ans.

— Tu devrais te faire un tatouage qui signifie quelque chose pour toi ou au moins, un dessin qui n'est pas une blague. Tu ne peux pas venir ici pour rouler des mécaniques et me donner des ordres.

— Hé !

— Oh, et autre chose. Ne qualifie plus jamais, *jamais*, une femme, *n'importe laquelle*, de pute sinon je t'efface ce sourire narquois de ton visage. Dégage de ma chaise. On a fini.

— Va te faire foutre ! Je vais aller me faire tatouer dans une boutique qui traite ses clients comme ils le méritent. Je ne vais pas me faire tatouer par un artiste has-been et démodé qui ne connaît rien à rien.

Le gamin sortit à pas lourds, sous les yeux de toutes les personnes présentes.

Shep ferma ses paupières et pria pour avoir la paix.

Merde.

Il avait trente-huit ans et voilà ce qu'était devenue sa vie.

Des étudiants crétins qui voulaient de gros seins. Génial.

— Doucement, mec. Pourquoi tu ne frapperais pas directement le petit chiot la prochaine fois ? Facilite-toi la tâche, chantonna Sassy.

La réceptionniste du *Midnight Ink*, folle qu'elle était, passa à côté de lui.

— Ferme-la, Sass, s'il te plaît. Je ne suis pas d'humeur.

— Tu n'es plus jamais d'humeur, bébé. C'est le problème. Même si, honnêtement, je n'ai aucune idée de la raison pour laquelle tu as dit oui à ce petit idiot pour une consultation, déjà. On voyait, rien qu'en le regardant, qu'il était du genre « à tout de suite ».

Un « à tout de suite » était un type qui disait qu'il reviendrait tout de suite après avoir retiré de l'argent au distributeur ou qui donnait des excuses bidons en prétendant revenir « tout de suite » alors qu'il se dégonflait et ne réapparaissait jamais.

Oui, ce gamin y ressemblait, sauf que s'il avait

suffisamment eu envie d'impressionner ses amis, il aurait été au bout.

— Sass, franchement ? Je ne suis pas d'humeur, grommela-t-il en nettoyant son poste.

Il n'avait pas encore eu de clients ce matin-là, mais il ne voulait aucune trace du *beauf* près de cet endroit.

— Tu aurais dû laisser Caliph s'en occuper, dit Sass.

Elle avait un sourire lumineux et agaçant sur le visage.

Chez *Midnight Ink*, leur boutique sur Canal Street, plusieurs artistes travaillaient chacun leur tour. Ils n'étaient pas obligés de travailler tous les jours, seulement s'ils voulaient être payés. Puisque tous ceux qui travaillaient là avaient besoin d'argent pour payer des trucs, ils venaient. La plupart casaient des clients entre leurs rendez-vous, mais peu d'entre eux n'acceptaient que les clients choisis avec précaution sur les listes d'attente. Ces tatoueurs ne travaillaient également qu'avec certaines encres puisqu'ils étaient *des as* dans ce domaine.

Shep faisait un peu de tout, donc même si ses ombres étaient absolument géniales, il ne se spécialisait pas trop. Son meilleur ami, Caliph, était pareil.

Shep aurait donné sa couille gauche pour que

cette armoire à glace qui lui servait de meilleur ami s'occupe de cet étudiant.

— Qu'est-ce que j'entends ? De qui je devrais m'occuper ? demanda Caliph en traversant la pièce d'un pas lourd jusqu'à son poste.

Shep était grand.

Caliph l'était davantage.

Et il était aussi plus effrayant.

— J'avais un gamin parfait pour toi, cria Shep dans la boutique.

Plusieurs clients se retournèrent vers lui.

— Il voulait de gros seins comme son pote.

Caliph ricana avant de lui adresser un doigt d'honneur.

— Va te faire foutre, Shep.

Ah, une décennie d'amitié ne perdait jamais de son éclat.

Shep secoua la tête puis donna un coup de menton en direction de Sassy et Caliph pour indiquer qu'il sortait prendre un café. Sassy préparait peut-être l'un des meilleurs dans leur boutique, mais il ne voulait pas rester assis là trop longtemps. Il avait besoin d'espace.

Encore.

Il avait besoin de réfléchir et l'air lourd de La Nouvelle-Orléans fonctionnait toujours pour lui.

Bien sûr, ce n'était pas l'air frais et propre des Montagnes Rocheuses où il avait grandi, mais il aimait ça. Sa famille, qui vivait toujours près de Denver, le trouvait totalement fou d'avoir emménagé à La Nouvelle-Orléans pour installer sa boutique, ou du moins, trouver une boutique dans laquelle il pourrait s'intégrer, mais il aimait ça.

Enfin, avant il aimait ça.

Merde, il devait se sortir les doigts du cul et découvrir ce qui n'allait pas avec son humeur. Il avait trente-huit ans. Il n'était pas un gamin et certainement pas sur la pente descendante non plus. Peut-être qu'il avait juste besoin de changement.

Il ignorait simplement quel type de changement.

Shep tourna au coin pour se rendre au café, puis il jura légèrement quand une minuscule personne lui fonça directement dedans.

Il prit une brusque inspiration lorsqu'elle leva les yeux vers lui, grand qu'il était.

Bon sang, ses yeux étaient quelque chose d'unique. Un bleu vraiment pâle qui ressemblait presque à du cristal dans l'eau, un jour ensoleillé.

Il devait forcément s'agir de lentilles, puisqu'en aucun cas il ne s'agissait de ses véritables iris.

— Je suis tellement désolée, monsieur. Je ne regardais pas où j'allais. Excusez-moi.

La petite blonde le contourna après avoir marmonné ses excuses et se dirigea dans la direction opposée.

Shep cligna des yeux.

Bon sang. C'était étrange. Il n'avait même pas eu l'occasion de dire quoi que ce soit, quelque chose du genre de « quels yeux sexy » ou autre qui aurait donné envie à la jeune femme de se joindre à lui pour prendre un café.

Shep secoua la tête. Bon sang, il avait besoin de ce café. Dans le grand schéma de la vie, ce dont il n'avait pas besoin, c'était d'une femme aux yeux écarquillés qui pensait probablement qu'il ressemblait à un ancien détenu avec ses bras entièrement tatoués et la cicatrice sur son front, sans parler des piercings et tatouages invisibles.

Non, il n'avait pas besoin de cette chaîne aux pieds.

De quoi avait-il besoin ? Eh bien, c'était le problème.

Il l'ignorait.

Il commanda un café à la fille derrière son comptoir qui battait des cils. Shep retint un grognement, et pas un grondement du genre agréable. Cette gamine devait avoir à peine la vingtaine, et encore. En aucun cas, Shep ne franchirait cette frontière de l'âge, même si la fille était vraiment canon, ce qui était le cas de celle-ci.

Il avança vers l'une des tables, à l'extérieur du café, et s'assit avec sa tasse, pas encore prêt à retourner au travail. Merde, s'il pensait qu'une gamine de vingt ans était canon, peut-être qu'il avait juste besoin de s'envoyer en l'air. Cela serait peut-être la réponse à tous ses problèmes, même si une longue nuit de sexe contre le mur n'était sûrement pas suffisante pour changer son humeur. Le fait qu'il ait explosé face à ce gamin stupide lui indiquait que la situation était tout sauf bonne.

Il devait découvrir ce qu'il se passait, trouver son chemin, trouver son inspiration.

Et vite.

Shep prit une grande inspiration dans l'air humide de La Nouvelle-Orléans avant de siroter son café. Merde, il aimait leur café, ici. Rien d'amer ou de trop travaillé. Bien sûr, quand il partait dans le nord, à Denver, pour rendre visite à sa famille, ça ne le dérangeait pas d'aller boire un petit café, mais pour Shep, rien n'était meilleur que celui de La Nouvelle-Orléans.

Puisque c'était le sud profond, il n'avait pas l'impression que le mois de janvier venait tout juste de commencer. Les vacances de Noël semblaient appartenir à un passé lointain, tandis que les fêtes du Nouvel An, que La Nouvelle-Orléans organisait toujours sacrément bien, n'étaient qu'un souvenir en train de s'effacer.

En revanche, sa résolution n'était pas un souvenir.

Non. Il se rappelait effectivement s'être dit que *cette* année serait différente. Il était déterminé à trouver son inspiration et à faire un art qui signifiait à la fois quelque chose pour lui et ses clients, plutôt que d'assurer simplement rendez-vous après rendez-vous.

Shep passa une main sur sa barbe de cinq jours et soupira.

Quand diable s'était-il transformé en genre d'adolescent emo ?

Son téléphone vibra dans sa poche et il le sortit de son jean. Lorsqu'il vit le nom de son cousin Austin sur l'écran, il sourit. Si quelqu'un pouvait le mettre de bonne humeur, c'était bien lui.

— Salut, quoi de neuf ?

— Rien, répondit Austin.

Sa voix était encore plus grave que celle de Shep.

— Je viens juste de finir un tatouage du dos qui a demandé six rendez-vous. Maintenant, j'essaie de me sortir les plumes de phénix de la tête pour me concentrer sur les écailles de dragon.

— Tu as pris une photo ?

— Oh que oui, répondit Austin en riant. Je te l'envoie par message tout à l'heure. C'est une belle œuvre d'art si je peux en juger par moi-même. Je m'ennuyais et je n'avais pas envie d'aller quelque part, pour manger un morceau. Je me suis dit que j'allais t'appeler pour voir comment tu allais. On n'a pas beaucoup eu le temps de parler quand tu es venu à Noël.

Presque tout le clan Montgomery vivait dans la banlieue de Denver. Shep était l'un des seuls à s'être éloigné. Même si Austin et lui étaient les plus proches et avaient à peu près le même âge, quand Shep était monté pour les vacances, il n'avait pas eu beaucoup de temps à consacrer à son cousin préféré. Oh, non. Entre les sept frères et sœurs d'Austin, les trois de Shep, les autres cousins de Montgomery, en plus des tantes, des oncles et des parents, les vacances étaient chargées et ne lui laissaient pas le temps de respirer.

— Oui, ça craint qu'on n'ait pas pu passer beaucoup de temps ensemble quand je suis venu. Tu devrais venir me rendre visite ici. Que tu viennes prendre la température et que tu vois la culture. Que tu l'inclues dans tes tatouages !

Austin et sa sœur Maya étaient propriétaires de *Montgomery Ink,* une boutique de Denver, et ils étaient vraiment doués dans ce qu'ils faisaient. Tous les trois, ils faisaient fréquemment le tour du pays pour voir quelle inspiration ils pouvaient trouver et traduire dans leur travail.

Peut-être qu'il avait besoin de recommencer et de trouver la *chose* qu'il cherchait.

Peu importait ce qu'était cette *chose.*

— Peut-être, nuança Austin. On verra.

Shep fronça les sourcils.

— Qu'est-ce qu'il y a, mec ?

— Rien. Je vieillis, c'est tout.

Shep ricana.

— M'en parle pas. On a le même âge, tu te souviens ? Qu'est-ce qu'il y a ?

Austin soupira.

— Et puis merde. Je vais venir. Je vais laisser Maya seule avec la boutique pendant un moment. Dieu seul sait à quel point elle aime être seule dans sa boutique la plupart du temps.

Shep sourit à cause de la description qu'Austin faisait de Maya. Comme il avait raison.

— Je suis là si tu veux venir. Tu sais que tu peux

t'installer dans ma chambre d'amis. On n'est plus de gamins, tu n'as plus besoin de trouver un futon ou un canapé où dormir.

— Merci mon Dieu. Merci.

Shep sourit.

— De rien. Je crois qu'on atteint juste l'âge où on devient trop vieux pour trouver ce qu'on veut et qu'on doit le découvrir d'une façon ou d'une autre.

— Peut-être, Shep. Peut-être.

Ils se dirent au revoir et Shep mit fin à l'appel, se sentant un peu mieux à l'idée que son cousin vienne lui rendre visite bientôt. Ils finaliseraient leurs plans plus tard, puisqu'Austin devrait d'abord parler à Maya avant de voyager. En aucun cas, ils ne voudraient contrarier cette femme aux répliques caustiques.

Shep termina son café et retourna à *Midnight Ink*. Il avait besoin de travailler. Il n'avait peut-être pas de rendez-vous ce jour-là, ce qui était rare pour lui, heureusement, mais il y aurait sûrement des clients venant spontanément.

Dès qu'il entra, il la remarqua.

La fée sexy qui lui était rentrée dedans dans la rue.

Ses cheveux blonds étaient même plus clairs qu'il ne les avait perçus lorsqu'ils étaient dehors, au soleil. Non, ce n'était pas à cause des rayons de lumière qu'elle était magnifique.

C'était elle, tout simplement.

Elle portait une jupe-crayon grise, avec un haut rose clair et une veste grise. Ses talons étaient modestes, mais bon sang, ils rendaient ses jambes vraiment sexy.

Elle ressemblait à l'assistante ou à la comptable de quelqu'un.

Elle n'était carrément pas à sa place chez un tatoueur, du moins, dans la plupart des boutiques.

Midnight Ink ne faisait pas de discrimination. Ils savaient que certaines personnes devaient cacher leurs œuvres à cause de leur travail, donc les tatoueurs s'assuraient qu'elles soient vraiment belles sous leurs vêtements.

Mais cette femme ?

Elle n'était carrément pas à sa place.

Et était perdue.

Shep sourit.

Il pouvait totalement l'aider avec ça.

Sassy se tenait à côté de la femme, les sourcils haussés.

— Chérie, tu es sûre de vouloir celui-ci ? Je sais que tu en regardais un autre il y a une minute.

La femme se retourna et se mordit la lèvre, obligeant Shep à retenir un grognement.

Oh, merde. Il agissait comme un adolescent à ses premiers émois, pas comme un homme plus aussi jeune avec une érection.

Sassy le remarqua et lui fit signe de venir.

— Voilà Shep, chérie. C'est lui qui va te tatouer puisqu'il a le temps et que tu as dit que la personne qui le faisait n'avait pas d'importance. Shep, voici Shea. Elle est toute à toi.

Sassy haussa à nouveau les sourcils et Shep sourit.

Oh, oui. Il voulait poser les mains sur cette femme de toutes les façons possibles.

Le tatouage ne serait que la première étape.

La femme se tourna vers lui et Shep retint son juron.

Seigneur.

Il n'y avait pas seulement de l'hésitation dans ses yeux. Il y avait de la peur, mélangée à quelque chose d'autre. Quelque chose comme de la détermination.

Le genre de détermination que l'on regrettait après le tatouage.

Sassy s'éloigna, laissant Shep et Shea seuls dans le coin, une pile d'albums photo entre eux.

— Alors, euh, Shep, commença-t-elle.

Sa voix était aussi douce et sexy qu'elle l'avait été dehors.

— Encore désolé de vous avoir foncé dedans, tout à l'heure.

— Comme je l'ai dit, il n'y a pas de problème.

— Alors, euh, j'imagine que vous allez me faire mon tatouage ? Je pensais à cette petite marguerite. Ou peut-être ce papillon. Vous pouvez faire ça ?

Shep baissa les yeux sur son corps, sur ses vêtements qui juraient avec le décor et la peur qui émanait d'elle quand elle passait son poids d'un pied sur l'autre. Il leva les yeux et croisa son regard.

— Non.

CHAPITRE DEUX

— NON ? couina Shea Little.

— Non, répéta Shep, le tatoueur terriblement sexy.

Il croisa les bras – ses bras tatoués *extrêmement sexy* – sur son torse et elle battit des paupières. Une mèche de cheveux tomba sur ses yeux, lui donnant l'air encore plus dangereux et même un peu fringant.

Oh, génial, maintenant elle le faisait passer pour un homme à femmes.

Plutôt que pour un homme qui lui disait non.

— Mais... pourquoi ? C'est juste non ?

Elle ne comprenait pas ce qu'il disait. Elle était arrivée à *Midnight Ink* après avoir hésité pendant deux semaines d'affilée et le premier artiste à qui elle parlait lui disait non ?

Ça n'avait absolument aucun sens pour elle.

Shep haussa les sourcils.

— Dis-moi pourquoi tu veux un tatouage.

Ses avant-bras se contractèrent, et elle détourna le regard de cette vue alléchante.

— Pourquoi ? croassa-t-elle, agacée d'avoir l'air d'une idiote.

D'habitude, elle n'avait pas de problème pour parler intelligemment, mais apparemment, se tenir devant un homme bien trop attirant avec les nerfs en pelote après avoir envisagé de se faire un tatouage était trop dur à supporter pour elle.

— Oui, pourquoi ? Pourquoi veux-tu un tatouage ? Tu fais vraiment tache ici, ma belle. Non pas que ce soit un problème, d'habitude, mais là, maintenant ? Tu devrais me dire pourquoi tu le veux. Est-ce juste une envie soudaine de montrer ton côté mauvaise fille ? Où est-ce que tu as d'autres tatouages sous tes vêtements chics et guindés ? J'imagine que non, étant donné que tu as l'air hyper flippée juste à l'idée d'être ici.

— Je ne flippe pas, mentit-elle.

Oh, elle flippait carrément.

Cet... cet *homme*, en revanche, n'avait pas besoin d'être si impoli et de le lui faire remarquer ainsi. Elle avait déjà passé la matinée à faire les cent pas dans son appartement pour tenter de découvrir comment trouver le courage d'entrer dans la boutique. Et maintenant, cet homme voulait savoir pourquoi elle souhaitait un tatouage, alors que même elle ne connaissait pas la réponse.

En plus, elle était presque sûre qu'il venait juste d'insulter son look, ou du moins, ce qu'elle portait.

Bien sûr, elle savait que son allure normale ne correspondait pas à ce que la clientèle de cette boutique portait habituellement, mais il n'avait pas besoin de le pointer du doigt.

Mon Dieu, il était exaspérant et elle, elle n'avait même pas pu lui parler en utilisant des phrases complètes. Ou logiques, en tout cas.

Shea s'obligea à détourner le regard de cette carrure solide et de ses tatouages qui couvraient ses bras, ressortant au niveau du col. Elle observa l'inté-rieur de la boutique. Elle était presque sûre que chaque paire d'yeux était focalisée sur eux. Certains semblaient intrigués, d'autres ennuyés, quelques-uns scrutaient ouvertement le spectacle qu'ils offraient, Shep et elle, en se disputant.

Enfin, c'était lui qui cherchait les problèmes.

Elle ne s'était pas encore défendue, alors qu'elle avait conscience de devoir le faire d'une façon ou d'une autre. Il était temps qu'elle le fasse. Après tout, cette idée de tatouage était faite pour se prouver qu'elle pouvait s'affirmer.

Là.

C'était ça.

C'était ce qu'elle dirait à Shep, avec ses yeux bleus rêveurs, non pas qu'il méritait une explication puisqu'il agissait comme un crétin.

— Shea ? demanda Shep.

Elle se figea en entendant son nom franchir les lèvres du tatoueur.

Oh, oui, elle adorait ça.

Bien trop, en fait, étant donné qu'elle ne le connaissait pas et que d'après ce qu'elle avait vu, elle n'était même pas sûre de vouloir le connaître. Il était un crétin égoïste, c'était certain, et elle n'avait absolument pas besoin de le connaître.

Elle allait juste devoir le demander à cette réceptionniste avec la jolie mèche rose dans ses cheveux. Sassy. Oui, c'était son nom. Elle se disait que Sassy allait pouvoir l'aider.

— Quoi ? cracha-t-elle.

La colère bouillonnant sous la surface menaçait finalement de s'échapper.

Quelque chose scintilla dans les yeux de l'homme et il sourit.

Bon sang, cet homme était canon quand il faisait ça.

Et il avait une fossette.

Génial.

— Pourquoi veux-tu un tatouage, Shea ? demanda-t-il doucement.

Son ton réussit à s'insinuer sous sa peau, cette fois-ci. Ou du moins, elle le fit d'une toute nouvelle façon. Il donnait l'impression de sincèrement vouloir la connaître, mais au lieu de demander, il agissait juste en salaud.

Du moins, c'était ce qu'elle espérait comprendre dans sa voix.

Connaissant sa chance, elle avait parfaitement tort et c'était véritablement un abruti.

— Pourquoi avez-vous besoin de le savoir ? demanda-t-elle.

Elle était presque incapable de faire sortir ses mots. Elle perdait son calme et elle le savait. Elle n'aurait pas dû venir. Elle serra son sac contre son corps et leva le menton. Elle allait juste devoir quitter la boutique.

Il n'y aurait pas de seconde chance pour elle. Elle avait été stupide ne serait-ce que d'envisager de venir ici et de faire quelque chose de si radical sur son corps.

Sa mère et son ex avaient raison. Elle était comme un mannequin dans les vitrines, raide et froide.

Elle n'était vraiment pas faite pour un homme comme Shep.

Elle déglutit.

Nom de Dieu. Pourquoi pensait-elle à cet homme, pour commencer ? C'était pour un *tatouage* et elle n'allait finalement pas s'en faire un. Shep n'avait rien à voir là-dedans.

Rien.

— Désolé de vous avoir dérangé et de vous avoir fait perdre votre temps. Elle serra son sac contre elle et avança rapidement vers la porte, ses hauts talons cliquetant sur le parquet. Il lui fallut tout son courage pour retenir ses larmes et empêcher son corps de trembler.

Elle savait que son visage devait être rouge, mais elle l'ignora.

Cela avait été une idée stupide, vraiment stupide.

Une grande main chaude s'agrippa à son coude lorsqu'elle atteignit le trottoir et elle tenta de se dégager.

— Attends, Shea, ne t'en va pas.

— Lâchez-moi, cracha-t-elle au travers de ses dents serrées. Ne me touchez pas.

S'il te plaît, touche-moi.

Il ne la lâcha pas et l'attira même contre lui jusqu'à ce qu'ils soient face à face. La transpiration coulait dans son dos couvert de soie. Elle inclina la tête en arrière pour pouvoir regarder le visage barbu tandis que la chaleur accablante de La Nouvelle-Orléans les entourait.

Shea pouvait entendre le vacarme et le remue-ménage des touristes ainsi que des habitants qui étaient en train de travailler ou traîner. Elle pouvait entendre les enfants rire, les couples parler, un homme seul fredonner, un autre crier dans son téléphone. Pourtant, tout cela devint un bruit de fond et pâlit en comparaison à ces yeux bleus encadrés de cils noirs, contrastant avec ses pommettes recouvertes d'une barbe de quelques jours.

Shep recula finalement, mais fut suffisamment près d'elle pour qu'elle ne puisse pas se décaler et fuir comme elle le souhaitait. Bon sang. Elle détestait ne pas avoir le contrôle, ne pas avoir toutes les réponses et que tout ne soit pas à sa place. Oui, cela ne correspondait pas non plus avec les circonstances actuelles et cela l'agaçait énormément.

Elle n'aurait pas dû venir.

— Je ne voulais pas te faire mal ou t'attraper comme ça, dit Shep d'un air inquiet. Je voulais juste t'empêcher de partir en courant parce que j'agissais comme un crétin.

Si c'était une excuse, elle n'était toujours pas certaine de savoir ce qu'elle devait en penser.

— J'ai déjà dit que j'étais désolée de vous avoir fait perdre votre temps. Merci d'être sorti et d'avoir essayé de vous sentir mieux à propos de tout ça, mais je crois que je devrais y aller. Je ne suis clairement pas au bon endroit.

Mon Dieu, même quand elle essayait de se comporter en peste, elle avait besoin d'aider les gens à se sentir mieux. Bon sang, ces racines sudistes ne disparaissaient jamais.

— Tu ne trouveras pas de meilleurs endroits pour ton tatouage, Shea.

Elle leva le menton.

— Peut-être, mais je n'ai plus besoin de *tatouage*. J'ai fait une erreur. Au revoir, Shep.

Elle se retourna, mais il attrapa à nouveau son coude.

— Nom de Dieu, Shea, tu enfiles ton masque de princesse des glaces vraiment rapidement, mais j'ai vu la peur dans tes yeux quand je me suis avancé vers toi. Et je l'ai vu quand on s'est foncé dedans

dans la rue, tout à l'heure, même avant que je sache que tu venais à *Midnight* pour un tatouage. Dis-moi ce qu'il se passe dans ta tête.

Il tendit la main et coinça une mèche de ses cheveux derrière son oreille. Elle se figea. Ce geste était si intime, si proche, qu'elle n'était pas sûre de savoir quoi faire. Elle ne connaissait même pas cet homme et il la touchait, il lui donnait envie d'en savoir plus sur son art.

Quelque chose devait clocher chez elle.

— Je... Je... pourquoi faites-vous ça ?

— Pourquoi je fais quoi ? demanda-t-il à voix basse.

Seigneur, sa voix était sexy. C'était un son grave et rauque qui grondait contre sa peau, l'obligeant à retenir un frisson. Elle pensait que seuls les hommes sexy à la télévision ou dans les films avaient de telles voix.

— Pourquoi me touchez-vous ? Je vous ai dit de ne pas le faire.

Sa voix était devenue plus aiguë à la fin de sa phrase, sa peur de connaître quelque chose de... nouveau ressortant.

— Je suis un artiste, Shea, je ne lis pas dans les esprits.

Elle cligna des yeux.

— Quoi ?

— Je suis un artiste. J'adore carrément ce que je fais.

Il s'arrêta et secoua la tête, cette fois-ci, un petit doute s'insinuant dans son regard et la rendant perplexe.

— Enfin, j'ai toujours aimé ce que je fais. Je vis une période plus difficile dernièrement, j'ai besoin de trouver ma muse ou quelque chose comme ça.

Shea ricana.

— Sérieusement ? Est-ce que cette réplique a déjà fonctionné sur quelqu'un ? Non. Ne prenez même pas la peine de répondre. Je vous ai déjà dit que j'étais désolée d'avoir gâché votre temps, mais maintenant, vous me faites perdre le mien. Laissez-moi partir et je ne reviendrai pas. Bientôt, je ne serai même plus un souvenir pour vous et vous pourrez utiliser cette réplique de muse sur une étudiante naïve.

Shep rejeta la tête en arrière et rit. Cela devait être malsain qu'elle aime la façon dont sa pomme d'Adam s'agitait quand il riait.

Oui, elle avait carrément des problèmes.

— Chérie, je suis bien trop vieux pour mater des étudiantes, et ce n'était pas une simple réplique, le truc de la muse. J'ai le moral à zéro et ça n'a rien à voir avec le fait de m'envoyer en l'air ou même de travailler sur ton tatouage. Et j'en ai envie, soit dit en passant, de travailler sur ton tatouage. Quand je t'ai vue dans la rue tout à l'heure, j'étais intrigué. Ça n'arrive pas souvent. Plus maintenant. Alors oui, je veux voir cette œuvre dont tu as envie et savoir pourquoi tu veux te la faire. Je veux juste apprendre à te connaître.

Cela la surprit. Il voulait apprendre à la connaître ? Mais qu'est-ce qu'il disait exactement ? Et maintenant, il voulait lui faire son tatouage ? Ce Shep lui faisait tourner la tête de bien des façons.

Elle prit une grande inspiration et tenta de s'éclaircir les idées.

— Il va falloir que tu y ailles pas à pas, Shep, lâcha-t-elle enfin. Un instant, tu agis comme une brute, tu me dis que je ne peux pas avoir un tatouage et que je jure carrément dans le décor. Tu dis que tu ne me dragues pas, mais tu es intrigué et tu veux travailler sur mon *œuvre*, comme tu le dis.

Shep sourit, l'éclat du blanc contrastant sur sa barbe.

— C'est à peu près ça.

— Tu n'es pas logique. Je vais juste y aller.

Elle en avait assez. Elle avait été idiote ne serait-ce que d'envisager de venir à *Midnight Ink*. Même si cela n'avait pas été une décision impulsive, loin de là, elle se sentait dépassée. Elle n'appréciait pas cette sensation et abandonner semblait la meilleure option pour le moment.

— Ne pars pas, Shea.

Elle détestait à quel point elle aimait son prénom lorsqu'il franchissait les lèvres de l'artiste.

— Pourquoi devrais-je rester ?

— Parce que tu es venue là pour une raison. Je ne sais pas encore ce que c'est, étant donné que j'attends toujours la réponse à ma première question. Tu devrais aussi rester parce que, malgré les vêtements que tu portes, la coque de glace que tu as créée autour de toi et la peur dans tes yeux, tu as tout de même eu le courage de franchir ces portes. Comprends-moi bien, nous ne faisons pas si peur que ça, à la boutique. D'accord, peut-être que c'est le cas de Caliph, mais autrement, c'est bon. On ne te ferait pas de mal et nous ne sommes pas les marginaux que tu imagines après avoir vu des films ou autres conneries du genre.

Shea ignorait totalement qui était Caliph, mais elle savait que les gens de cette boutique n'étaient pas trop effrayants. Elle ne jugeait pas les gens sur leur apparence, comme tant d'autres le faisaient, comme tant d'autres la jugeaient.

— Je dois y aller, chuchota-t-elle.

Elle avait désormais peur pour une tout autre raison.

— Dis-moi pourquoi tu veux un tatouage.

Elle souffla et le regarda dans les yeux.

— J'en veux un parce que... parce que ce n'est pas moi. Ou du moins, ce n'est pas le *moi* que je suis, selon les autres. Je suis fatiguée, Shep. Tellement, tellement fatiguée d'être... ça.

Elle montra son corps du doigt avant de soupirer.

Il prit son visage en coupe et elle s'exclama, n'ayant pas été préparée à ce contact chaud.

— C'est tout ce que je voulais entendre, Shea. Qu'est-ce que tu veux, alors ?

Toi.

Elle cligna des yeux. Eh bien, cette pensée subite était sacrément flippante. Elle ne le connaissait même pas.

— Je ne sais pas, répondit-elle honnêtement. Je veux quelque chose qui est *moi*. Je ne sais pas ce que c'est, ou même qui c'est.

Shep recula légèrement et elle sentit la perte de son contact jusqu'au fond de sa moelle.

— D'accord. Je vais t'aider. Peu importe ce que c'est, il faut juste que ce soit pour toi, un design qui vaudra la peine de faire quelque chose de différent.

Il sourit.

— En plus, pour découvrir ce qui fonctionnera pour toi, il va falloir que j'apprenne à te connaître. C'est clairement un avantage pour moi.

Il voulait apprendre à la connaître ? Elle ? La princesse de glace dans ses vêtements pâles qui aimerait se fondre dans le décor si elle le pouvait ?

— Tu es toujours si intime avec tes clients ? demanda-t-elle.

Une étrange jalousie s'insinua lentement en elle. Elle ne voulait pas être l'une de ces femmes qu'il *apprenait à connaître* avant de leur faire leur tatouage et de les laisser tomber.

Eh bien, zut alors, elle passait pour une folle maintenant.

Il effleura sa joue du bout du doigt et elle retint un frisson.

— Je n'ai jamais rien fait de tel, auparavant, dit-il doucement. Je marque la peau des gens pour toujours. C'est toujours intime. Peu importe si je ne connais pas tout sur eux ou si j'ignore ce qui les branche. Je sais ce que le tatouage signifie pour eux, au moins un minimum. Je ne peux pas juste rester planté là à te regarder prendre une décision que tu pourrais regretter.

— Tu ne me connais pas assez pour savoir que je vais le regretter.

Personne ne pouvait le savoir.

— Je veux te connaître.

Elle était venue à *Midnight Ink* pour une raison en particulier et maintenant, Shep allait l'aider. Peu importait qu'il la croie folle et que tous ceux qui la connaissaient se disent la même chose, il n'y avait qu'une réponse possible.

— Oui. D'accord. Faisons ça.

Shep sourit et se pencha en avant. Le menton de Shea se haussa de son propre chef, mais il ne l'embrassa pas. Elle se sentait étrangement perdue qu'il n'essaie même pas, mais elle ne dit rien. Il effleura une nouvelle fois sa joue et sourit légèrement.

Il mit la main dans la poche arrière de son pantalon et en sortit une carte.

— Voilà. Prends ça et donne-moi la tienne.

Elle acquiesça et sortit une carte de son sac à main. Il baissa les yeux et sourit.

— Comptable. J'en étais sûr.

Génial. Elle avait même *l'air* ennuyeuse.

— Hé. J'aime les femmes guindées. Je t'appelle dans un moment et on pourra parler de ce qu'on va faire et de la manière dont je vais t'aider à trouver le tatouage parfait.

— D'accord, chuchota-t-elle.

Elle ne se sentait pas du tout comme la femme froide qu'elle était d'habitude. Shep semblait la réchauffer de l'intérieur et elle n'était pas certaine de savoir ce qu'elle en pensait.

Avec un dernier regard dans sa direction, il repartit à *Midnight Ink*, la laissant dans la rue, ébahie. Elle secoua la tête, rejoignit sa voiture, puis repartit chez elle, la carte de Shep toujours serrée dans sa paume. Elle ne prenait jamais de congés, mais elle avait pris ce jour-ci pour faire son tatouage et maintenant sa journée était gâchée, perdue.

Elle n'avait aucune idée de ce qu'elle faisait.

Shea entra chez elle et regarda autour d'elle. Une maison guindée, des décorations guindées... tout était guindé. Rien de tout cela ne montrait qui elle était véritablement.

Non, cela montrait qui était sa mère et ce que celle-ci voulait pour elle quand Shea avait acheté la maison. Elle avait abandonné le combat depuis longtemps, cédant à ce que sa mère voulait.

Enfin, sauf quand elle avait quitté Richard, son ex-fiancé. Sa mère avait hurlé et menacé de la renier pour avoir fait ce qu'elle considérait comme l'erreur de toute une vie.

Shea ne pourrait jamais être à la hauteur des rêves de sa mère.

Elle enleva ses chaussures et avança jusqu'au canapé, s'enfonçant dans les coussins. Tout autour d'elle était froid, peu accueillant, mais les coussins sur le canapé étaient assez doux pour qu'elle soit au moins à peu près à l'aise.

La carte dans sa main l'appelait et elle baissa les yeux vers elle. Mais qu'était-elle en train de faire ? Elle s'était rendue à *Midnight Ink* puisque sa résolution du Nouvel An était de faire quelque chose pour elle, une chose qui ne lui ressemblait tellement pas qu'elle pourrait peut-être découvrir la personne qu'elle aimerait être.

Elle avait toujours aimé les tatouages. Elle aimait l'allure des gens qui en portaient. Elle trouvait que les tourbillons, les couleurs sombres, les ombres étaient sacrément sexy. Elle s'était toujours dégonflée avant de le faire. Mais maintenant, elle en avait envie.

C'était juste qu'elle ignorait totalement le design qu'elle souhaitait. Shep allait l'aider avec ça.

Shep.

Ses cheveux sombres et ses yeux clairs l'attiraient, même si elle ignorait pourquoi. Il allait l'aider à se trouver. D'accord. Ça sonnait mal, même si c'était la vérité.

Tout pouvait partir en fumée si elle prenait la mauvaise décision, mais ça n'avait pas d'importance.

C'était tout ou rien.

Son téléphone portable sonna et elle fronça les sourcils. Mon Dieu, elle espérait que ce n'était pas Richard ou sa mère. Ils n'arrêtaient jamais de la harceler avec leur propre opinion sur la façon dont elle devrait mener sa vie.

Elle ne reconnut pas le numéro sur l'écran, et répondit donc aussi froidement que possible.

— Oui ?

— Shea ? C'est Shep.

Son pouls tambourina dans ses oreilles et elle déglutit brusquement.

— Oui, c'est Shea.

— Je suis ravi que tu ne m'aies pas donné une fausse carte. C'est pour ça que je t'en ai demandé une plutôt que de te faire entrer ton numéro dans mon téléphone. C'est plus difficile de la contrefaire à la volée.

— Oh. J'imagine.

Génial. Elle avait besoin d'apprendre à utiliser des phrases complètes, sinon il allait penser qu'elle était une véritable idiote.

— Et si on passait une soirée en ville demain, après le boulot ?

— Quoi ? Pourquoi ?

Il gloussa d'une voix rauque et ce bruit fila directement entre les jambes de Shea. Nom de Dieu, même le rire de ce mec était sexy.

— Je t'ai dit que je voulais apprendre à te connaître pour t'aider. Et merde, je veux juste apprendre à *te* connaître. Je me disais qu'on pouvait dîner rapidement, puis passer le reste de la soirée à explorer la ville pour voir ce que tu aimes. Qu'est-ce que tu en dis ?

Il souhaitait faire quelque chose sans prévoir un planning précis qu'elle pourrait réviser encore et encore ? Elle n'en était pas sûre à cent pour cent. Ce n'était pas normal pour elle. Elle ne *voulait* pas que ce soit normal.

— D'accord. Ça me semble bien.

— Super. Je te retrouve devant la boutique à dix-neuf heures, demain. Comme ça, tu te sentiras plus à l'aise que si je venais chez toi. Ça, ça te ferait flipper.

Elle se détendit et sourit, même s'il ne pouvait pas la voir. Elle ignorait comment il savait qu'elle était inquiète à l'idée qu'il sache où elle habitait, mais elle appréciait.

— D'accord.

— Bien. À demain, Shea.

— À demain, Shep.

Il raccrocha et elle regarda fixement le téléphone, ne sachant pas vraiment ce qu'il venait de se passer. Elle avait passé une trop grande partie de sa vie sur la ligne de touche et cet homme, ainsi que ses idées pouvaient l'aider.

Ces yeux bleus saisissants, sa voix rauque et ses tatouages sexy valaient peut-être la peine de bouleverser tout son monde.

CHAPITRE TROIS

SHEP CHANGEA LES AIGUILLES, termina le contour et se prépara à dessiner les ombres. Il roula ses épaules vers l'arrière et jeta un coup d'œil à son travail.

Pas mal.

D'accord, c'était mieux que ça. Carrément mieux, mais il savait que c'était tout un processus et il n'était jamais ravi de son travail jusqu'à ce qu'il puisse voir le projet abouti. Chaque couche du contour, de l'ombre de la couleur ajoutait à l'œuvre terminée. Il savait ce qu'il voulait et comment cela se confondait avec le souhait du client. Au final, une fois qu'il aurait ajouté les dernières couches, le tatouage serait absolument génial. En revanche, pour le moment, ce n'était qu'une œuvre à moitié terminée.

— Comment ça se présente ? demanda l'homme sur la banquette en faisant attention à ne pas se retourner.

Shep était en train de dessiner un sacré phénix dans le dos de cet homme, avec les ailes s'enroulant autour de ses flancs. Il avait terminé le contour lors de leur dernière session et corrigeait quelques endroits aujourd'hui pour s'assurer que tout était parfait. Ensuite, il dessinerait les ombres initiales avant d'ajouter la couleur. Généralement, il attendait pour créer l'ombre, mais il voulait s'assurer que ce ne serait pas trop sombre puisque l'orange vibrant et les rouges devaient bien ressortir sur le tatouage final.

— Ça va être génial, répondit Shep.

Il commença à dessiner l'ombre. La vibration de l'aiguille lui traversait le bras, comme elle le faisait toujours. Créer l'ombre était son moment préféré, puisque l'aiguille devait bouger plus lentement et pour la plupart des gens, c'était vraiment agréable.

À la façon dont son client gémit, Shep sut qu'il ne se trompait pas.

Il travailla deux heures supplémentaires, l'esprit concentré sur ses mains et son tatouage. Pendant que certaines personnes rêvassaient en travaillant, son job à lui était un peu différent. Un mouvement de travers et il abîmerait la peau de quelqu'un.

Pas cool.

Toutefois, alors même qu'il essayait de se concentrer, ses pensées se dirigèrent vers la femme avec les yeux d'un bleu si pâle, comme des cristaux dans l'eau, lors d'une journée ensoleillée, et un visage de fée malicieuse.

Shea.

Nom de Dieu, il adorait cette femme douce comme de la soie et pourtant cassante comme de la glace. Pourtant il ne la connaissait pas plus que grâce à quelques mots et quelques contacts physiques.

Quelque chose devait clocher chez lui. Il n'avait jamais été attiré par une femme comme elle.

Shep recula et secoua la tête en nettoyant le surplus d'encre, le plasma et le sang là où il travaillait. Il devait sérieusement arrêter de penser à Shea et à leur rencard de ce soir. Elle, elle ne le qualifierait peut-être pas de rencard, mais lui, si. Il la voulait et il n'allait pas se mentir. Il était bien trop vieux pour ça.

Il roula les épaules et se remit au travail. Ce phénix allait déchirer. Il l'avait su dès qu'il avait effectué les premiers croquis, plus d'un mois auparavant, mais ce n'était que maintenant qu'il se rendait compte que cela pouvait être quelque chose d'énorme.

Une autre étincelle courut sur sa peau. Il s'enthousiasmait parce qu'il faisait pour la première fois depuis longtemps ce qui lui avait tant manqué.

Cela devait être Shea. Elle était la seule chose différente dans sa vie, même si elle n'en représentait pas une partie si importante.

Du moins, pas encore.

Il allait changer ça.

Il sourit et commença à poser quelques couleurs sur les ailes, s'appliquant à chaque coup d'aiguille.

Après une autre heure et demie, il recula, la transpiration perlant sur son front et son dos raidi. C'était ce qu'on obtenait en restant plié au-dessus d'une table pendant trop longtemps.

Il ricana, songeant à ce que Caliph ou Austin dirait s'il l'avouait à haute voix.

Oui, il n'allait pas partager cette pensée.

Il nettoya le dos du client, puis étala de la pommade sur la zone tatouée.

— Voilà, c'est bon pour aujourd'hui. Je crois qu'une séance de plus suffira.

Le client se leva et sourit.

— Vous êtes un Dieu avec une aiguille, Shep. Ça ne m'a pas du tout fait mal.

Shep sourit.

— Même si vous aviez eu mal, vous auriez aimé le résultat.

Le client jeta la tête en arrière et rit.

— C'est vrai. Alors, quand pouvons-nous faire notre dernière séance ?

Shep lui donna les instructions de soin post-tatouage. Cet homme était un client régulier, mais ça ne faisait jamais de mal de les répéter. La dernière chose dont Shep avait envie, c'était une mauvaise guérison et un mauvais nettoyage qui gâcheraient son travail. Ils planifièrent la dernière séance pour trois semaines plus tard, lorsqu'ils avaient tous les deux un créneau libre, et Shep recommença à nettoyer son espace de travail.

Il s'était vraiment impliqué dans son œuvre et il avait fallu une heure de plus qu'il ne l'avait prévu. Il était déjà sept heures et quart. Il n'aurait pas le temps de rentrer chez lui pour prendre une douche rapide.

Merde.

Il n'avait pas eu envie de ressembler à un loser en sueur pour son rencard, mais elle allait devoir prendre ce qu'elle avait. Après tout, il n'était que Shep. Il allait devoir être suffisant.

Il alla dans les toilettes des employés et se débarrassa de sa chemise pour en enfiler une autre. Il porterait toujours son jean usé et ses chaussures, mais au moins, il aurait une chemise noire. C'était le moment de l'année où les températures étaient étouffantes, même la nuit, alors il ne prit pas la peine d'emporter sa veste en cuir. Il passa une main dans ses cheveux et se dit que c'était suffisant.

Il ne ressemblait pas à un mannequin du magazine *GQ* avec ses tatouages, ses piercings aux tétons – et ailleurs –, mais il se trouvait convenable. À la façon dont Shea avait scruté son corps la veille, il avait le sentiment qu'il lui avait également convenu. Ce qu'elle était lui suffisait sacrément aussi.

— Tu as fière allure, lui dit Sassy quand elle arriva dans l'arrière-boutique pour prendre son sac. Même si tu aurais sûrement voulu te doucher avant ton grand rencard avec la princesse de glace.

Il fronça les sourcils.

— Ne l'appelle pas comme ça. Et comment diable sais-tu que j'ai un rencard avec elle ce soir ?

— Sassy sait tout.

Shep leva les yeux au ciel.

— Tu te tapissais dans un coin quand je l'ai appelée hier, hein ?

Elle se contenta de hausser les sourcils.

— J'ignore totalement de quoi tu parles. Sassy ne se tapit pas dans les coins.

— Arrête de parler de toi à la troisième personne. Tu me fais flipper.

Elle se contenta de secouer la tête et de rire.

— Asperge-toi d'eau de Cologne, mais pas celle de cette connerie de pub pour les mecs de fraternité.

— Je n'ai même pas de parfum de pauvre étudiant, Sass.

— Alors il n'y aura pas de problème. Bon courage avec ta petite copine ce soir, mon beau. Tu vas en avoir besoin.

— Mais qu'est-ce que tu veux dire par là ? Que je ne suis pas assez bien pour elle ?

Elle leva les mains, sur la défensive.

— Ce n'est pas du tout ce que je dis. Je veux juste te faire comprendre que cette femme a un bouclier si fermement enroulé autour d'elle que je n'ai même pas pu voir au travers et tu sais que je suis vraiment douée pour ça. Tu vas devoir briser la glace si tu veux apprendre qui elle est. Et comment ça tu penses que tu n'es pas assez bien pour elle ? Tu n'as jamais été du genre à ne pas avoir confiance en toi, Shep. Que se passe-t-il ?

Shep secoua la tête.

— Peu importe. Je suis juste nerveux.

Sassy sourit et entortilla la longue mèche de ses cheveux roses entre ses doigts.

— Je vois. Alors cette fille est spéciale. C'est bon à savoir.

Shep plissa les yeux.

— Laisse tomber, Sassy.

— Ne t'inquiète pas, mon beau. Je suis sûr que ça va bien se passer.

Sur ses mots, elle quitta la pièce d'un pas nonchalant, balançant les hanches.

Nom de Dieu, cette femme était vraiment tarée parfois.

Shea serait là dans cinq minutes et il ne voulait pas la faire attendre. Se souvenant de son air effrayé la dernière fois qu'il l'avait vue, il n'allait pas laisser au destin le soin de choisir si elle restait ou non.

Son téléphone vibra contre sa jambe et il jura. Il vaudrait mieux que ce ne soit pas Shea qui appelait pour annuler.

Sans regarder l'écran, il répondit :

— Tu ferais mieux d'être là et de ne pas me poser un lapin, chérie.

— Tu dois menacer tes rencards, maintenant ? Que se passe-t-il à La Nouvelle-Orléans pour qu'un Montgomery perde le respect des autres ?

Shep jura à cause des paroles d'Austin.

— Nom de Dieu. Je croyais que tu étais quelqu'un d'autre.

— Clairement. Qu'est-ce qui ne va pas ? Tu as des problèmes au pieu ?

— Je ne parlerai pas de sexe avec toi, Austin, juste parce que tu ne t'envoies jamais en l'air. Je n'ai pas le temps d'en discuter maintenant.

— Aïe. Que de paroles cruelles pour un mec qui pense que son rencard s'apprête à lui poser un lapin !

— Ferme-la. Je dois y aller puisque Shea est probablement en train de m'attendre dehors et que je suis là à te parler.

— Shea, hein ? Joli nom.

— Austin, grogna Shep.

— Hé, ne t'en prends pas à moi. Va rejoindre ton rencard si elle se pointe. J'espère que c'est le cas, parce que je ne suis pas d'humeur à gérer tes conneries d'ado emo si elle ne vient pas. J'appelais pour te dire que j'ai réservé un vol pour venir chez toi dans trois jours. Ça te va ?

Shep soupira. Il savait qu'Austin devait venir ici afin de s'éclaircir les idées pour une quelconque raison, et Shep voulait aider. Même s'ils se tapaient mutuellement sur les nerfs, ils étaient une famille.

— Oui. C'est cool.

— Bien. Et, Shep ? Pour ce que ça vaut, j'espère qu'elle viendra. Rien qu'à la façon dont tu as dit son nom, ça me montre qu'elle est quelqu'un d'important pour toi.

Il raccrocha, laissant Shep regarder fixement son téléphone. Nom de Dieu. Avait-il une pancarte autour du cou indiquant que Shea était différente ? Lui-même, il ne se l'était pas vraiment avoué et pourtant, tout le monde semblait le savoir.

Il espérait simplement ne pas la faire fuir.

Shep s'avança vers la porte de la boutique et se figea.

Oh, merde.

Shea était encore plus sexy que dans son souvenir et il se souvint de chaque détail qu'il avait remarqué la veille sur elle.

Elle portait une robe blanche avec l'une de ces coupes qui passaient juste au-dessus des épaules, mais qui montraient tout de même un peu de peau et lui donnait un air sacrément alléchant. Elle portait un cardigan d'un rose clair qui couvrait une grande partie de ses bras, ainsi que des perles.

Des putains de *perles*.

Pas très grosses, mais nom de Dieu, elle était classe.

Sa robe était serrée autour de sa taille et ses hanches, mais élargie au niveau des genoux. Ses jambes étaient vraiment délicieuses avec des chaussures roses à talons hauts et effilés.

Elle s'était fait un chignon au-dessus de la nuque. Il pouvait donc voir les contours de son visage. Même si elle n'était pas tout en os et en angles burinés, ses pommettes étaient bien taillées et faisaient ressortir ses yeux hypnotiques.

Mais pour le moment, ces yeux étaient remplis de peur... et d'excitation.

Il pouvait se charger de cette deuxième émotion.

Et il allait devoir se débarrasser de la première.

Elle le fixa du regard, un petit sourire fatigué sur le visage, et il prit une profonde inspiration, s'obligeant à se calmer pour ne pas lui sauter dessus en public comme un étudiant en chaleur.

— Shea, tu es venue.

Elle cligna des yeux, son regard passant de son torse à son visage.

Super.

— Je t'ai dit que je viendrai. Je ne recule pas face à mes engagements.

Elle rougit.

— Sauf quand je suis acculée et qu'on ne veut pas de moi. Dans ce cas-là, je pars. Enfin...

Il fit deux pas vers elle et prit son visage en coupe.

— Respire, Shea. Je sais que je t'ai fait flipper hier. Allons nous amuser, tu veux bien ? Qu'on se détende un peu ?

Elle ricana.

— Je ne suis pas du genre à me détendre.

Oh, il l'avait compris, même si le fait qu'elle soit venue à *Midnight Ink* hier lui indiquait qu'elle était plus que prête à le faire. Elle portait peut-être les vêtements d'une princesse de glace, mais il avait le sentiment qu'elle était brûlante comme la braise, là-dessous.

C'était son but de le découvrir.

Et pas seulement pour voir si elle était chaude.

Oh non.

Il voulait plus.

— Tu vas t'amuser ce soir. Je te le promets.

Il avança vers elle, passant un bras autour de ses épaules. Elle se raidit un moment, puis se détendit légèrement contre lui.

Il y avait du progrès.

— J'ignore totalement pourquoi je fais ça, mais peu importe. Je le fais quand même.

Elle leva les yeux vers lui, battant des cils.

— Alors, qu'est-ce que je fais, exactement ?

Il sourit vers elle et l'embrassa sur le nez, incapable de s'en empêcher. Elle s'éloigna légèrement, le rouge lui envahissant les joues, mais elle ne lui fit aucune réflexion.

— On va sur Frenchman Street.

— Dans la rue ? Pas un endroit particulier ?

— Tu es déjà allée là-bas ?

Elle acquiesça.

— Quelques fois. C'est très... coloré.

— Tu as du tact, bébé. Ce n'est pas la destination la plus touristique et ce n'est pas là qu'on trouve les endroits les plus célèbres ou les meilleurs restaurants, mais il y a de la bonne musique dans les bars et même dans la rue. Il faut juste y aller au moment où les gens font la tournée des bars et s'amusent. On se fondera dans la masse et on verra si tu apprécies.

Il baissa les yeux vers sa robe et ses escarpins.

— Enfin, on va *essayer* de se fondre dans la masse. Tu ressembles à une touriste, mais je vais prendre soin de toi.

Elle s'arrêta, rougissant.

— Oh, zut. Je suis désolée. Je ne savais pas où on allait, alors j'ai juste enfilé ça. Je peux retourner chez moi et me changer. Bon sang, Shep, je ne sais pas ce que je fais.

Il la fit tourner dans ses bras et écrasa ses lèvres sur les siennes. Elle prit une grande inspiration, entrouvrant la bouche. La langue de Shep effleura celle de la jeune femme et il se perdit en elle, inspirant son odeur, la goûtant, la savourant.

Il recula, à bout de souffle.

— Calme-toi, chérie. Ce n'est rien. Habille-toi comme tu as envie de t'habiller. Je ne te jugerai pas. Mais ne te cache pas. D'accord ?

— Tu... tu m'as embrassé.

— Oh que oui. C'était parfait.

Elle toucha ses lèvres gonflées du bout des doigts, l'air ébahi.

— Oh... mon Dieu.

Elle cligna des yeux avant d'ajouter :

— La prochaine fois, dis-moi où l'on va et je m'habillerai mieux, d'accord. Je déteste jurer dans le décor. J'ai juste enfilé quelque chose de mignon pour ce soir. Je n'ai pas réfléchi.

Il acquiesça, appréciant qu'elle lui parle de prochaine fois, puisqu'en effet, il y aurait une prochaine fois.

— Tu as réussi à avoir l'air plus que mignonne, Shea. Mais je te dirai en avance ce qu'on fera la prochaine fois. Sauf que, à mon avis, tu te feras toujours remarquer, chérie. Compris ?

Elle inclina la tête.

— Je ne suis pas sûre de toujours me faire remarquer.

Elle leva la main.

— Ne m'explique pas. Tout va un peu trop vite pour moi, là, alors laisse tomber. Je m'habillerai différemment la prochaine fois et ça ira.

Il sourit, acquiesçant.

— Tu vas réussir à marcher avec tes chaussures d'allumeuses ?

Elle regarda ses pieds, puis leva des yeux écarquillés vers lui.

— Mes chaussures d'allumeuses ? laissa-t-elle échapper. Elles ne sont pas noires et j'aurais pu ajouter deux centimètres et demi sans problème. Oh non, Shep. Ce ne sont carrément pas des chaussures d'allumeuses.

Shep eut du mal à déglutir en l'imaginant dans des escarpins plus hauts.

Avec rien d'autre que ces chaussures à talons.

Merde alors.

— D'accord, chérie. C'est ce que tu dis maintenant. Dis-le-moi si tu as mal aux pieds, quand même. Je prendrai soin de toi.

Elle sourit et le cœur de Shep tambourina. Merde, il avait des problèmes.

— Ça va aller, Shep. J'adore les talons. Mais merci de penser à moi.

Ils avancèrent jusqu'à Frenchman Street, ne

parlant pas beaucoup sur le chemin. Bien sûr, il voulait apprendre à la connaître, mais pour le moment, le doux silence leur convenait. C'était comme s'ils se connaissaient depuis bien plus long-temps que quelques heures.

Oui. Il avait de sérieux problèmes.

— Tu es d'humeur à manger quoi ? demanda-t-il.

— Je croyais que tu avais tout prévu, le taquina-t-elle.

Il sourit. Sa carapace de glace fondait et il adorait ça.

— Tu devrais savoir que, mis à part pour les tatouages et cette soirée, mes plans dans la vie sont plus des directives vagues.

Shea s'arrêta soudain et il en fit de même.

— Qu'y a-t-il ?

— J'ai besoin de plans, Shep. J'aime les plans. J'aime les emplois du temps, les calendriers et les codes couleur. Ils me rendent heureuse. Quand les choses sont parfaitement organisées, le monde est un endroit meilleur. Tu devrais le savoir.

— Tu n'aurais pas des TOC, toi ?

— À mon avis, j'ai un trouble obsessionnel compulsif avec les emplois du temps.

Puisqu'il la regarda d'un air impassible, elle sourit.

— C'est la signification de TOC, mais sans l'acronyme. C'est comme ça qu'on devrait dire.

Ses lèvres se tordirent et elle rejeta la tête en arrière avant de rire.

Sa Shea calme et détendue se moquait de lui.

Oh, oui, cette soirée allait être parfaite, peu importait ce qui se passerait à partir de maintenant.

— D'accord, alors la prochaine fois, je te dirai ou j'aimerais t'emmener et tu pourras prévoir ta tenue et tout ce qu'on fera pour la soirée. Qu'est-ce que tu en dis ?

Elle se pencha vers lui, son regard pétillant, la joie libérée et désinhibée.

— Ça me semble parfait.

Il sourit et prit à nouveau ses lèvres, incapable de s'en empêcher. Elle s'appuya contre lui, son corps se détendant. Il glissa sa main sur sa robe pour atteindre ses fesses et les serrer. Oh oui, une bonne poignée. Sa langue s'emmêla avec la sienne et elle s'ouvrit plus largement, gémissant.

— Que se passe-t-il, Shep ? demanda-t-elle une fois qu'ils se furent éloignés.

— Je n'en ai aucune idée, Shea, mais j'ai hâte de le découvrir.

CHAPITRE QUATRE

— SHEA, chérie, cambre les hanches. Laisse-moi voir ton sexe.

Shea fit ce qu'on lui dit, ses gémissements franchissant ses lèvres, son corps se tortillant.

— Merde, Shea, j'ai hâte de plonger en toi et de te sentir sur ma queue quand tu jouis autour de moi.

Shea s'exclama en entendant ses mots, voulant jouir, mais en étant incapable.

Le téléphone sonna et elle ouvrit les yeux.

Eh, merde.

Elle était emmêlée dans les draps, sa nuisette remontée autour de sa taille et sa culotte aux chevilles.

Shep n'était nulle part en vue.

Enfin, il ne devrait pas être là, n'est-ce pas ?

Non. Après une nuit géniale à écouter de la musique jazz, à manger des sandwichs debout dans les rues, à aller de bar en bar, à boire, à s'embrasser et à rire, il l'avait ramenée chez elle et lui avait déposé un baiser sur les lèvres pour lui souhaiter une bonne nuit.

Ils savaient tous les deux qu'il voulait entrer.

Ils savaient tous les deux qu'elle allait le laisser entrer.

Et ils savaient tous les deux que ce n'était pas le bon moment.

En revanche, dans ses rêves, elle avait d'autres idées.

Son corps était douloureux à cause du manque de jouissance, et il lui fallut toutes ses forces pour s'empêcher de prendre son portable et appeler Shep pour qu'il puisse venir l'aider.

Seigneur, ça ne ressemblait pas du tout à la Shea qu'elle connaissait. D'un autre côté, c'était carrément celle qu'elle voulait être.

Son téléphone sonna à nouveau et elle jura, se tournant sur le ventre pour l'atteindre sur sa table de nuit, relevant sa culotte en même temps.

Il était six heures et demie et elle n'était rentrée qu'à deux heures du matin.

Impossible que ce soit la personne qu'elle voulait

entendre à l'autre bout du fil, alors il s'agissait soit de sa mère, soit de Richard.

Ne pas répondre à l'un d'entre eux ne ferait que les agacer et ils finiraient par *lui* taper sur les nerfs.

Elle regarda le nom sur l'écran, jurant comme Shep l'aurait fait, puis répondit d'une voix glaciale.

— Mère.

— Tu dors encore après six heures ? Je ne comprends pas pourquoi tu agis de la sorte. C'est comme si tu avais oublié ton éducation. J'ai passé des années à te former et regarde-toi maintenant. Tu es inutile. Tu aurais pu te marier jeune à Richard. Il vient d'une bonne famille. Maintenant, regarde ce que tu as fait. Tu n'es rien d'autre qu'une comptable qui dort autant qu'une traînée.

Shea ferma les yeux. Pourquoi avait-elle répondu au téléphone ? Elle aurait pu le mettre en silencieux et dormir un peu plus longtemps avec le Shep de ses rêves.

— Mère.

— Oui, je suis ta mère, pour tout le bien que ça t'a fait. Je t'ai bien élevée, je t'ai mis un toit au-dessus de la tête et je t'ai offert un avenir si brillant et rempli de promesses que j'aurais dû gagner des trophées pour ça. Et pourtant, qu'est-ce que tu fais ? Tu abandonnes tout pour travailler avec des chiffres et devenir un genre de prostituée qui vit seule et dort avec Dieu seul sait qui.

Les fantasmes de sa mère étaient bien plus agréables que la réalité.

Je dis ça comme ça.

— Mère. Bonjour à toi aussi.

Honnêtement, il n'y avait pas grand-chose à dire quand sa mère commençait l'une de ses tirades.

— Cela aurait pu être un *bon jour* si tu avais été la fille que j'aurais voulu que tu sois. Pas la fille que tu es.

Aïe.

Non, elle ne disait rien de plus que depuis ces dernières années, mais tout de même...

Aïe.

— Y a-t-il une raison pour laquelle tu m'appelles ce matin ?

C'était dimanche, après tout. Puisque c'était normalement un jour de repos, Madame Reginald Little, troisième du nom, devrait au moins se préparer à critiquer les autres femmes avec qui elle buvait le thé, tout en faisant comme si elle ne les taillait pas en pièces, et ne *pas* ennuyer sa fille unique.

Sa mère poussa un long soupir las. Sérieusement, cette femme en avait fait tout un art.

— Tu es attendu au brunch, ce matin. Richard sera là et tu peux t'excuser. Avec un peu d'espoir, il sera sûrement assez charmant pour te reprendre. J'ai fait du mieux que j'ai pu jusqu'ici pour rattraper tes échecs. Ne me déçois pas en étant toi-même.

Shea passa une main dans ses cheveux, le picotement des mots familiers de sa mère telle une lance tranchante au milieu de sa poitrine.

— Je ne peux pas venir aujourd'hui, Mère.

Ni un autre jour.

— J'ai quelque chose de prévu.

Elle n'avait rien de prévu avec Shep avant la fin de la journée, mais sa mère n'avait pas besoin de le savoir.

— Pardon ? Toi ?

Sa mère rit et Shea grimaça.

— Chérie, tu n'as pas besoin de me mentir. Je sais que tu n'as rien de prévu. Qui voudrait être avec toi ? Maintenant, habille-toi et porte quelque chose que j'ai choisi pour toi. Ça ne te fera aucun bien d'avoir l'air d'une traînée devant Richard. Tu dois avoir l'air pudique tout en t'assurant que ta poitrine soit bien remontée. Il aime les seins. Une fois qu'il verra ce que tu as, ce qui n'est franchement pas grand-chose, tu pourras utiliser tes ruses de prostituée pour qu'il te passe la bague au doigt.

Il n'y avait pas assez de café dans le monde pour gérer ça.

Sérieusement ?

Elle devait être à la fois une traînée et pudique pour garder un homme dont elle ne voulait pas ?

Nom de Dieu, est-ce que sa mère s'écoutait parler ?

— Sur cette note, mère, je vais raccrocher.

— Ne sois pas une sale gamine ingrate. J'ai *tout* fait pour toi et c'est comme ça que tu me remercies ? Je te verrai au brunch et ça va barder.

Shea raccrocha tandis que sa mère continuait sa tirade, quelque chose qu'elle n'aurait même pas osé faire deux jours plus tôt.

On aurait dit que rire dans la rue avec un homme qui la serrait dans ses bras l'avait aidée plus qu'elle ne l'aurait imaginé. Rien que l'idée d'avoir des plans pour plus tard, même si c'était à elle de rendre la soirée plus concrète, valait toutes les remarques que sa mère lui crierait plus tard.

Même si elle aurait aimé faire la grasse matinée, elle en était incapable maintenant. Pas avec cette sensation crasseuse qui la submergeait après cet appel matinal.

Elle devait juste se lever et commencer sa journée.

Shea se doucha, mangea son petit déjeuner, puis prépara le rendez-vous pour ce soir au Preservation Hall. Lorsque Shep lui avait dit où ils allaient, elle avait cligné des yeux. Ce n'était pas vraiment un endroit pour un rendez-vous, mais il voulait tout de même l'y emmener. Il avait dit qu'ils dîneraient et... feraient d'autres choses après.

Elle rougit en pensant à ce que ces autres choses pourraient être.

Shea n'était peut-être pas la traînée que sa mère imaginait, mais elle était prête à voir ce qu'il se passerait avec Shep. Elle ne pouvait s'en empêcher.

Lorsque la fin d'après-midi arriva, elle était habillée et prête à partir. Shep serait là d'une minute à l'autre pour venir la chercher. Contrairement à la nuit précédente, lors de laquelle ils étaient arrivés séparément, cela ne la dérangeait pas qu'il sache où elle habite. Étant donné qu'il l'avait laissé sur le pas de la porte la veille au soir, c'était un peu trop tard pour s'en inquiéter de toute façon.

En plus, contrairement à hier soir, elle n'était pas habillée comme une assistante ou comme quelqu'un qui se rendait à un cocktail guindé.

Non.

Elle avait dû chercher au fond de son armoire pour trouver sa tenue et heureusement, elle avait suffisamment de vêtements sur son portant « je ne porterai jamais ça » pour trouver quelque chose qui la mettrait à l'aise. Elle portait un jean moulant, un chemisier mignon et ces chaussures d'allumeuses dont elle avait parlé à Shep.

Généralement, elle les portait avec une robe, mais elle voulait oser aujourd'hui.

Avec un peu de chance, il aimerait.

Bon sang ! Elle devait arrêter de douter d'elle-même. Il n'avait fallu qu'un seul appel de cette mégère dominatrice qu'était sa mère pour qu'elle redevienne l'adolescente qu'elle avait été.

Elle n'était plus cette personne.

Elle devait juste s'en souvenir.

On frappa à la porte, ce qui la tira de sa rêverie. Elle posa une main sur son cou, son pouls vacillant.

Il était ici.

D'accord, Shea, tu peux le faire.

Elle lissa son haut, son cœur accélérant en même temps. Lorsqu'elle ouvrit la porte, elle prit une grande inspiration, ce qui était sa réaction normale quand elle le voyait.

Il portait une autre chemise noire qui le moulait partout où il fallait.

Il était beau.

Vraiment beau.

— Je savais que tu serais sacrément belle en jean et je ne me suis pas trompé. Pas le moins du monde.

Les mots de Shep glissèrent sur elle, et elle se pâma.

Oui. Elle se pâma comme une écolière et elle s'en moquait.

Elle frotta son jean, n'étant toujours pas sûre de porter ce qu'il fallait, même avec l'approbation évidente de Shep.

Nom de Dieu, elle avait besoin de reprendre le contrôle de ses anxiétés. Elle n'était pas dans le salon de sa mère, en train de se faire engueuler parce qu'elle avait renversé du punch sur sa robe ou qu'elle ne portait pas les derniers vêtements à la mode. Ce soir, elle n'aurait pas pu s'en moquer davantage.

Il posa une main sur sa joue et l'obligea à la regarder. Il fronça les sourcils, son front se plissant.

— Qu'est-ce qui ne va pas, chérie ? Je suis trop insensible pour toi ?

Elle cligna des yeux, confuse.

— Oh, non. Je me moque de ce que tu as dit, déclara-t-elle en rougissant. J'ai *aimé*.

Il souffla, puis effleura la pommette de Shea avec son pouce. Elle se suçota les lèvres, appréciant un peu trop son contact.

— Alors, dis-moi ce qu'il se passe dans ta tête. Tu

étais partie à des millions de kilomètres et visiblement tu n'étais pas dans un endroit agréable. Qu'est-ce qui ne va pas, chérie ?

— Rien, mentit-elle.

Elle mentait toujours quand il s'agissait de sa mère et de ses *problèmes*. Elle ne voulait pas gâcher leur rendez-vous plus qu'elle ne l'avait déjà fait. Il n'avait pas besoin de savoir que sa mère était une psychopathe qui démontait sa fille avec ses mots chaque fois qu'elle en avait la chance.

Sa mère ignorait que Shea avait une tempête rugissante sous son extérieur calme.

Elle voulait être différente, mais elle avait trop peur de l'être vraiment. Elle avait renfermé son *moi* véritable pendant si longtemps qu'elle ne savait pas comment repartir en arrière.

Shep inclina son visage, puis effleura ses lèvres du pouce.

— Tu n'as pas besoin de me mentir, Shea. Nous sommes censés apprendre à nous connaître, tu te souviens ?

— Pour mon tatouage. Tu n'as pas besoin de tout savoir, Shep.

— Chérie, tu sais que c'est plus qu'un tatouage. C'est plus qu'un tatouage depuis que tu m'as croisé dans la rue et que j'ai eu le souffle coupé en regardant tes yeux magnifiques. Oui, je vais te créer le meilleur tatouage du monde. Tu es déjà si belle que tout ce que je pourrais mettre sur ta peau ne fera que mettre en valeur ta peau. Mais ce n'est pas tout. Je veux aussi découvrir ce qui te met en colère pour te connaître. La nuit dernière, nous n'avons pas parlé de tatouage ou de design. On a parlé de qui nous étions. De ce que nous voulions. Je ne veux pas repartir en arrière. Je suis là parce que je veux apprendre à te connaître et je *sais* que tu veux en savoir plus sur moi. Ne recule pas maintenant, Shea. Parle-moi.

Cet homme.

Bon sang.

Il prenait tout ce qu'elle avait et lui redonnait tellement en retour.

Comment réussissait-il à faire ça ?

Se fier à lui demanderait trop d'efforts, mais bon sang, elle voulait le faire.

— Je suis désolée.

Il secoua la tête dans un mouvement brusque.

— Non. Tu n'as pas le droit d'être désolée, Shea. Tu ne fais rien de mal. Tu ne comprends pas ? Je veux te connaître. Tout ce qui fait de toi ce que tu es. Je ne peux pas le faire si tu es renfermée et que tu te caches derrière des excuses.

— Shep...

— Parle-moi, ma jolie. Qu'est-ce que tu avais en tête pour partir si loin dans tes songes ? Pourquoi te caches-tu de moi ? Je sais que nous ne nous connaissons pas depuis longtemps, mais tu ne la sens pas ? Cette connexion qui signifie bien plus qu'un coup d'œil furtif ?

Elle ferma les yeux.

— Si. Je la sens.

— Regarde-moi, Shea.

Elle le fit et constata que ses yeux d'un bleu perçant étaient en train de l'observer.

— Dis-moi ce qu'il s'est passé.

— Ma mère est une garce.

Il cligna des yeux et elle retint un ricanement.

— C'était un peu brusque, déclara-t-elle.

— Euh, oui. Mais je ne te contredis pas sur le fait qu'elle soit une garce, si elle te fait tellement réfléchir que tu te perds dans tes pensées.

Il bougea, l'attirant vers le canapé.

— Parle-moi de ce qu'il s'est passé.

Elle aimait l'allure qu'il avait dans sa maison, ses tatouages et son air rebelle contrastant avec sa décoration impeccable. Il pouvait salir tout ça, mais de la meilleure façon possible.

Elle s'enfonça dans les coussins, comme elle

l'avait fait auparavant, mais cette fois-ci, Shep l'attira plus près de lui. La chaleur de son corps la consumant et elle prit toute cette énergie en elle.

Oh oui, elle voulait sa proximité.

Lui aussi, elle le voulait.

Elle devait juste découvrir comment le lui dire.

— Eh bien, comme je l'ai dit, ma mère est une garce. Peu importe ce que je faisais, gamine, et même adulte, ce n'était jamais suffisant pour elle. Je suis née en tant que débutante, pour être la personnification du nom Little, afin d'utiliser notre argent et d'avoir de l'influence pour gagner encore plus d'argent et d'influence. Depuis mon plus jeune âge, j'ai su que j'allais être un pion dans les jeux politiques et puissants de ma famille. J'ai été éduquée pour faire un bon mariage, avec la personne qu'ils choisiraient, et être la meilleure épouse que je pourrais être. On ne m'a pas appris à cuisiner, mais à donner des ordres aux domestiques. On ne m'a pas appris à faire le ménage, mais à vivre dans une maison immaculée dont d'autres personnes s'occupent.

Elle prit une grande inspiration, la rancœur qu'elle avait toujours essayé de cacher l'emplissant.

Shep écarta une mèche de cheveux de son visage et elle s'appuya contre sa main, ayant besoin de lui plus qu'elle n'osait l'admettre.

— Je ne suis pas cette personne, Shep. Du moins, j'essaie de ne pas être cette personne. Cette maison ? Je l'ai payée toute seule. Elle est petite, trop petite pour ma mère, qui me le répète constamment. Il n'y a que deux chambres, mais elle me convient parfaitement. Les choses que tu vois ici ? Elles appartiennent toutes à ma mère. Je n'ai pas pu l'empêcher de la décorer pour que cela semble au moins « décent » à ses yeux. J'ai essayé, mais elle a trouvé le moyen de rentrer et a décoré quand j'étais au travail.

— Nom de Dieu. Elle ne t'autorise même pas à avoir un bout de toi dans ta maison ?

— Qui suis-je, Shep ? Tu essaies de le découvrir pour me faire un tatouage… et parce que tu en as envie, ajouta-t-elle en plissant les yeux. Je ne sais même pas qui je suis. Mais j'essaie de le découvrir. Je *veux* le découvrir.

Sa poitrine se serra, puis se relâcha lorsqu'elle prononça les mots dont elle avait eu peur.

— Je veux grandir au-delà de la personne que ma mère m'a poussé à être et que j'ai manqué de devenir. Je… Je ne sais simplement pas comment faire ça. Et non, je ne t'ai pas dit tout ce qu'*elle* m'a dit, rien que ce matin, mais je suis prête à passer à autre chose. Je dois le faire.

Shep avança vers le canapé pour lui faire face.

— Bon sang, chérie. Je veux savoir ce que ta mère t'a dit pour que tu te caches autant, mais j'attendrai. Maintenant, sur le fait de savoir trouver qui tu es ? Mon Dieu, femme, tu brilles déjà. J'ai hâte que tu découvres qui tu es parce que je vois cette personne en ce moment et je l'adore.

— Vraiment ?

Elle sourit, appréciant qu'il lui fasse des déclarations si passionnées.

— Vraiment, chérie.

Elle bougea alors, prenant son visage entre ses mains.

— Je n'ai pas envie de sortir ce soir, laissa-t-elle échapper.

Un air blessé traversa le visage de Shep avant qu'il ne se consume, ses yeux se noircissant, un lent sourire se dessinant sur son visage.

— Oh, vraiment ?

— Vraiment.

Il traça le contour de sa joue d'un doigt et elle frissonna.

— Qu'est-ce que tu veux faire ce soir, chérie ?

Elle lui toucha la barbe, appréciant la sensation des poils sur sa peau. Elle se demanda alors ce qu'elle ressentirait si elle l'avait sur d'autres parties de son corps.

Elle se sentit rougir et Shep gloussa, un bruit rauque qui se dirigea directement vers son entrejambe.

— Je comprends avec ce rougissement que tu as une idée de ce que tu veux faire ce soir. Laisse-moi deviner. Est-ce que ça implique que je vais lécher chaque centimètre de ton corps, que je vais sucer tes tétons et ta petite chatte, puis que je vais te remplir avec ma verge ?

Elle déglutit difficilement.

— Ça me semble un bon plan, répliqua-t-elle d'une voix rauque.

— Tu sais ce que tu veux en premier ?

Est-ce que demander « tout » serait trop ? Trop éhonté ?

— N'importe quoi. Dis-moi simplement quoi faire.

À la façon dont il grogna, elle savait qu'elle avait dit ce qu'il fallait.

— Oh que oui ! Fais simplement ce que je te dis et tu vas sacrément jouir, chérie. Tu en aimeras chaque minute.

Elle gigota sur le canapé.

— C'est déjà le cas.

— Oh que oui, tu aimes déjà.

Shep prit ses lèvres, sa langue glissant dans le

creux avant de se mêler à la sienne. Elle gémit dans sa bouche, voulant, non, *ayant besoin* de plus. Il la mordilla et lécha ses lèvres avant de déposer des baisers tout le long de sa mâchoire pour enfouir son visage dans son cou. Elle se cambra vers lui, souhaitant qu'il la morde, suce... qu'il fasse *quelque chose*.

Shep leva les mains vers ses seins, sous son chemisier et elle appuya davantage son corps contre lui.

— Tu aimes ça ?

Elle se contenta de gémir, incapable de parler.

— Je vais baiser cette belle poitrine, Shea. Peut-être pas ce soir, mais bientôt. Tes seins sont plus que gros, ils sont parfaits pour ma queue. J'ai hâte de me voir glisser entre eux quand tu les serreras l'un contre l'autre. Peut-être que je vais te prendre la bouche en même temps pour que tes lèvres pulpeuses lèchent et sucent mon gland quand je te prends les seins.

Nom de Dieu, ce mec était doué pour dire des cochonneries.

Elle s'apprêtait à jouir rien qu'en l'écoutant.

Il se leva, l'attirant vers lui.

— Enlevons ces vêtements pour que je puisse te voir. Tout entière.

Elle déglutit difficilement. Elle n'avait pas honte de son corps, même si elle savait qu'elle n'était pas la plus mince des femmes. Sa poitrine était toujours ferme, mais pas aussi haute que lorsqu'elle était plus jeune. Lorsqu'elle avait eu trente ans, son corps avait développé des formes et avait commencé à se stabiliser. Elle ne pouvait combattre la gravité indéfiniment sans perdre quelques batailles.

Shep mit un doigt sous son menton et l'obligea à le regarder.

— Regarde-moi, Shea. Arrête de douter. Tu es sacrément sexy et je veux te voir nue. Compris ? Tu es belle, alors arrête de penser le contraire.

Elle sourit, puis tendit la main vers le bas de son chemisier. Les mains de Shep recouvrirent les siennes.

— Non, laisse-moi faire.

Il fit lentement passer son haut par-dessus sa tête, puis le jeta derrière lui.

— Nom de Dieu, Shea. Combien de couches portes-tu ?

Elle sourit à cause de l'agacement dans son ton. Apparemment, il voulait qu'elle soit rapidement nue. Enfin, elle aussi le voulait.

— Juste ce caraco et un soutien-gorge. Puis mon jean et ma culotte. Oh, mes chaussures et mes bas.

Shep se contenta de secouer la tête, puis la baissa pour capturer ses lèvres.

— Ça ne me dérange pas, bébé. Ça rend simplement l'anticipation plus douce.

Shea souffla.

— Encore plus d'anticipation et je vais m'embraser.

— Oh, chéri, attends de voir.

Elle gloussa.

— C'est ce dont j'ai peur.

Il la débarrassa de son caraco, puis s'agenouilla devant elle. Il arracha ses chaussures plus vite qu'elle ne l'aurait cru possible, tira sur ses bas, puis fit glisser son jean en bas de ses jambes, la laissant en soutien-gorge et culotte.

Il resta agenouillé devant elle, son regard ouvertement affamé.

— Je dois dire, Shea, que j'adore les petits nœuds roses sur la dentelle noire.

Elle rougit et baissa la tête. Elle adorait porter des sous-vêtements sexy sous ses vêtements et maintenant qu'elle avait vu l'air affamé sur le visage de Shep, elle était certaine de *toujours* porter quelque chose de sexy pour lui.

Au moins en dessous de ses vêtements.

Il fit remonter ses doigts calleux sur le corps de la jeune femme lorsqu'il se leva, l'attirant vers lui.

— Mon Dieu, Shea, tu es belle.

Il prit ses lèvres avant qu'elle puisse répondre, la laissant à bout de souffle.

Shep dégrafa rapidement son soutien-gorge et le jeta par-dessus son épaule. Les seins de la jeune femme retombèrent, lourds, ses tétons déjà durcis comme de petites montagnes.

Il effleura du pouce l'un d'entre eux, tira dessus, puis fit la même chose avec l'autre. Elle se cambra, en voulant plus.

— Regarde tes tétons, chérie. Comme de petits fruits, prêts à être sucés, prêts pour ma langue.

Il se pencha, en capturant un dans sa bouche, puis suça.

Son sexe se serra et elle gémit.

Nom de Dieu, il était si bon.

Il donna un coup de langue sur son téton, puis mordilla. Au fond de ses entrailles, elle ressentit un picotement choquant, puis elle frotta ses jambes l'une contre l'autre, ayant besoin de se libérer.

Il recula et s'agrippa à ses hanches.

— Non, ne fais pas ça. Tu n'as pas le droit de te faire jouir. C'est mon boulot. C'est mon cadeau.

— Shep.

Il devait se moquer d'elle.

Elle avait besoin de jouir.

Maintenant.

— Non. Va t'asseoir sur le canapé et écarte tes jambes, chérie.

Elle prit une inspiration lorsqu'il lui donna cet ordre, mais elle fit ce qu'il lui disait. Plus vite elle le faisait, plus vite Shep la ferait jouir. Ça n'avait aucun sens de laisser traîner.

Elle s'enfonça dans les coussins, rougit et écarta les jambes pour qu'il voie à quel point sa culotte était mouillée. Elle ne pourrait plus se cacher de lui, maintenant.

— Nom de Dieu. Tu es tellement mouillée que je peux le voir au travers de ta culotte. Tu en as envie autant que moi.

— J'en veux plus, dit-elle, devenant totalement vulnérable.

— Oh, chérie, je ne crois pas que ce soit une compétition. On va y aller doucement.

Il se mit à genoux, entièrement habillé, et appuya son visage contre le sexe de Shea, prenant une inspiration.

— Shep !

Elle tenta de fermer les jambes et de s'éloigner, mais il appuya davantage sur ses cuisses avec ses grandes mains, les gardant ouvertes.

— Non non, chérie. Ton odeur est tellement douce. J'ai hâte de te goûter.

Il tordit ses doigts sur les côtés de sa culotte et les baissa sur ses jambes. Il la jeta aussi par-dessus son épaule.

Cet homme savait vraiment mettre le bazar dans sa maison en peu de temps.

Toute réflexion sur une maison propre et ses vêtements éparpillés quitta son esprit quand Shep baissa la tête et donna un long coup de langue contre son clitoris.

Elle leva les fesses du canapé, appuyant sa chaleur contre son visage. Il la poussa en retour, puis s'affaira, léchant, suçant et mordillant. Il lécha autour son clitoris, puis écarta ses lèvres pour suçoter ardemment.

Son corps trembla, ses jambes devenant engourdies lorsqu'elle jouit avec un dernier coup de langue.

Ses bras la picotèrent, son sexe se serra et elle voulait plus.

Nom de Dieu, cet homme était doué.

— Merde, Shea, tu as tellement joui, si rapidement. Je savais que tu serais réactive, mais nom de Dieu. Je vais te pousser à le refaire. Encore et encore. Compris.

— Tout ce que tu voudras, grinça-t-elle.

Elle était bien trop dans sa zone de plaisir pour s'en préoccuper.

Il recommença ce qu'il faisait avant et lécha le sillon de ses lèvres avant de bouger la main pour que ses doigts trouvent son centre mouillé et douloureux.

Il la pénétra avec un doigt, puis en ajouta deux en suçotant son clitoris. Son corps, déjà en train de planer à cause de son orgasme précédent, se secoua puis se resserra quand elle s'éleva à nouveau vers la jouissance. Il la prit avec ses doigts et gémit contre elle. Sa barbe frotta contre la peau douce de l'intérieur de ses cuisses. Elle jouit, la sensation bien trop forte pour qu'elle se retienne.

Elle n'avait jamais joui ainsi pendant ses ébats.

Encore moins plus d'une fois.

Et elle ne l'avait pas encore vu nu.

Vas-y, Shep !

Non. Vas-y, *Shea* !

Il recula et embrassa son corps jusqu'à atteindre sa bouche. Ses membres étaient lourds, elle utilisa toute sa force pour emmêler ses doigts dans ses cheveux. Elle pouvait sentir son propre goût sur les lèvres de Shep et cela lui donna encore plus chaud.

— C'était génial, chuchota-t-elle.

— Tu n'as encore rien vu.

Shep recula et se déshabilla.

Shea observa avidement son corps. Il était large, bien bâti, bronzé, musclé... parfait. Des tatouages recouvraient ses bras, ses cuisses et son torse. Ils étaient sacrément canons. Il avait également un petit tatouage sur la hanche et elle savait qu'elle devrait le lécher plus tard.

Le regard de la jeune femme se posa sur le métal qui l'ornait et elle cligna des yeux.

— Tu es percé ?

Shep gloussa et passa une main sur la barre dans ses tétons.

— Oui et j'ai hâte que tu poses la langue dessus.

Elle baissa les yeux et déglutit difficilement.

— C'est un piercing dydoe, expliqua Shep.

Il avait deux barres à l'extrémité de son pénis, près du gland. Elles n'étaient pas très grandes par rapport à son membre, mais bon sang, ça avait dû être douloureux.

— Ça ne t'a pas fait mal ?

— Oh que si, mais cela valait le coup. Tu verras. Les piercings vont heurter ce point en particulier en toi et tu ne voudras plus jamais quitter ma verge.

Elle se mordit la lèvre et se tortilla sur le canapé.

— Et si je...

Elle rougit. Nom de Dieu. Elle venait tout juste d'avoir la bouche de cet homme sur son sexe, pourtant elle ne pouvait rien dire.

— Plus tard, quand je te prendrais la bouche et

que tu feras glisser ta langue de haut en bas, tu verras. Tu n'as pas de piercing à la langue, alors ce ne sera pas un problème si tu me fais une fellation avec les miens.

Elle cligna des yeux.

— Et si je me faisais un piercing à la langue ?

Non pas qu'elle envisageait d'en avoir un, mais elle avait entendu dire par d'autres qu'un piercing à la langue signifiait d'excellentes fellations (voilà, elle avait au moins pensé à ce mot) pour les hommes. Et si ce qu'elle imaginait était vrai, les piercings de Shep étaient pour elle, pas pour lui. Ce serait simplement normal de lui rendre la pareille.

Elle se tortilla à nouveau.

— Merde, chérie. Si tu t'en faisais un, alors j'enlèverais les miens quand tu me sucerais. Mais là ? Là, j'ai envie de te prendre violemment parce que je suis sur le point d'exploser. Compris ?

Oh, elle le comprenait totalement.

Il la releva, la stabilisa, puis s'assit sur le canapé. Elle l'observa quand il déroula un préservatif sur sa longueur.

— D'où est-ce que tu le sors ?

— Il était dans la poche de mon jean, chérie. Si tu n'avais pas autant fixé ma verge, non pas que ça me dérange, tu l'aurais remarqué. Maintenant, grimpe. Chevauche-moi.

Elle sourit et fit ce qu'on lui disait, se mettant à califourchon sur ses cuisses. Le sexe de Shep effleura le sien et elle s'exclama.

— Oh, merde, Shea. Tu es tellement mouillée.

Shep croisa son regard et elle prit une inspiration, patientant.

Elle posa ses deux mains derrière la tête du jeune homme sur le canapé, se préparant. Shep prit ses fesses en mains, serrant, la taquinant.

Lentement, leurs regards ne vacillant jamais, elle glissa sur son érection, son épaisseur l'étirant, mais puisqu'elle venait juste de jouir à deux reprises, elle était devenue glissante et prête pour lui.

Elle balança légèrement les hanches en le laissant s'enfoncer en elle, prenant une inspiration. Oui, il aimait ça. Finalement, elle fut entièrement installée et dut rester assise, immobile pendant un moment, essayant de s'habituer à la sensation que cela lui procurait de l'avoir profondément en elle.

— C'est le paradis, Shea. Le pur paradis.

Elle était d'accord, mais ne pouvait le formuler à voix haute. Pas à ce moment-là. Finalement, lorsqu'elle put respirer, elle se balança à nouveau puis glissa sur son membre.

— Nom de Dieu, souffla-t-elle.

Elle se releva lentement, puis plongea à nouveau brusquement. Elle aima la façon dont ils s'exclamèrent en même temps.

— Refais-le.

— Bien sûr, chuchota-t-elle.

Elle répéta son geste, encore et encore. Shep garda une main sur ses fesses, la stabilisant, tandis que l'autre main explorait, saisissait sa poitrine, puis descendant pour glisser sur son clitoris. Elle ne quitta cependant jamais Shep des yeux. Alors qu'elle aurait aimé rejeter la tête en arrière, fermer les yeux et le chevaucher comme une cowgirl, à ce moment-là, tout ce qu'elle voulait c'était vivre ce moment avec lui.

Qu'il sache ce qu'il lui faisait.

D'après le regard qu'il lançait, il le savait.

Elle accéléra l'allure, sentant ses muscles se resserrer, sa poitrine devenant lourde, et un picotement traversa sa colonne vertébrale.

— Allez, Shea, je vais jouir avec toi.

N'ayant besoin d'aucune autre motivation, elle jouit violemment, sans jamais ralentir. Elle sentit Shep jouir dans le préservatif enfoncé en elle lorsqu'il cria son nom.

Leurs regards se rivèrent l'un sur l'autre sans jamais briser le contact.

— On recommence, souffla Shea.

La jeune femme balança ses hanches et elle gémit.

— Laisse-moi deux minutes et je vais te prendre sur le lit. Tu as joui trois fois, donc je vais faire tout le boulot.

— Ça me semble un bon plan, dit-elle contre son cou.

— C'est bien vrai.

Il fit pratiquement tout le travail en la prenant sur le lit quelques minutes plus tard. Mais elle l'aida tout de même.

En quelque sorte.

CHAPITRE CINQ

SHEP GROGNA, les images de ses activités de la semaine dernière remplissant son esprit. Il s'appuya contre la cabine de douche, ayant besoin de respirer. Nom de Dieu, il avait passé une semaine à travailler ou à passer du temps avec Shea.

Ou en Shea.

Ouais, il aimait cette partie-là aussi.

Il devait arrêter de penser à ses petits gémissements et à la façon dont son corps rougissait quand elle s'agitait sur son sexe. Il devait aller au café pour retrouver Austin, et arriver là-bas avec une sacrée érection ne serait pas la meilleure chose du monde.

Mais *merde*.

L'image de Shea à genoux, sa verge cognant

contre ses lèvres, les doigts de cette dernière entre ses cuisses pour se donner du plaisir, emplit son esprit.

Il s'agrippa à son membre, utilisant le savon qu'il venait juste d'étaler sur son corps pour glisser sur sa longueur. Il serra brusquement, puis baisa à nouveau sa main. Il ferma les yeux, imaginant que ses doigts étaient la petite bouche chaude de Shea, que chaque pression était le creusement de ses joues suçant ardemment, que chaque mouvement de son pouce sur son gland était un coup de langue, léchant et le goûtant.

Shea faisait de sacrées fellations et elle le savait, maintenant. Ces losers avec qui elle était sortie précédemment ignoraient qu'ils avaient eu un diamant entre les mains. Oh oui, ils savaient qu'elle était canon, parce qu'en aucun cas on ne pouvait le nier, mais le fait qu'elle riait et faisait de bonnes fellations lui donnait envie d'en avoir plus.

Elle était parfaite pour lui.

Il donna des coups de reins, baisant son poing en imaginant les jolies lèvres de Shea autour de son sexe, ses doigts trouvant cette chair gonflée entre ses jambes.

Il jouit violemment, rejetant la tête en arrière contre le mur de la douche, sa semence s'étalant par terre tandis que l'eau emmenait dans le sillon.

Nom de Dieu.

Il se tripotait dans la douche comme un foutu lycéen, même s'il s'en voyait régulièrement en l'air.

Shea allait le tuer, mais c'était une belle façon de mourir.

Il finit de se laver, son sexe toujours à moitié raidi, mais cela était apparemment la norme quand il pensait à Shea, qu'il était avec elle ou même quand il respirait simplement.

Après avoir enfilé des vêtements, il partit au café où Austin devait l'attendre. Son cousin était arrivé deux jours avant, mais au lieu de dormir chez lui, il avait décidé de rester chez un autre ami.

Apparemment, Austin voulait offrir à son cousin un peu de temps avec Shea.

Il le prendrait sans rechigner.

Austin était assis à l'une des tables couvertes du patio, sirotant son café, un sourire sur son visage qui ne pouvait cacher sa lassitude. Il se passait quelque chose avec son cousin et Shep ne savait pas quoi faire à ce propos ni même s'il *devait* faire quelque chose. Avec un peu de chance, rester à La Nouvelle-Orléans au moins deux semaines allait lui permettre de se détendre et d'oublier ce qu'il se passait.

— Il était temps que tu arrives, dit Austin en buvant une autre gorgée de café.

Shep s'assit près de son cousin, sacrément fatigué puisqu'il n'avait pas assez dormi.

— Au fait, ton café ? Il est absolument génial. Enfin à Denver, tout n'est qu'air frais et santé. J'aime le café, la bière artisanale, la vue, tout. Je ne changerai ça pour rien au monde. Mais ici ? Le café est une pure décadence. Une pure indulgence.

La serveuse arriva et Shep leva deux doigts. Shea les rejoignait bientôt et la serveuse savait ce que Shep aimait. La petite rousse sourit joliment, ses yeux dans une invitation évidente, mais il se contenta de sourire et de secouer la tête.

Elle s'éloigna, continuant de sourire, mais avec moins d'intensité.

— Elle a aussi essayé ce battement de cils et ce sourire avec moi, dit Austin en s'enfonçant dans sa chaise.

Le tatouage sur ses épaules ressortait au niveau du col de sa chemise.

— Et tu n'as pas répondu à sa provocation ? Tu as perdu la main ?

Austin haussa les sourcils.

— Toi non plus, tu n'as pas répondu. C'est trop tôt pour ce genre de conneries. En plus elle a quoi, vingt ans ? Techniquement, elle pourrait être notre fille.

Shep grogna.

— Nom de Dieu. Pourquoi as-tu dit ça ? Maintenant, je me sens vraiment vieux. Et je n'ai pas répondu à sa provocation parce que je suis avec Shea. Hors de question que je la laisse tomber pour quoi que ce soit, encore moins ça.

Il ferma la bouche quand la serveuse posa deux verres, son regard toujours aguicheur.

— Merci, dit Shep d'une voix rauque.

Si elle ne comprenait pas, alors il le lui dirait, mais elle devrait être capable de lire les signaux si elle flirtait ainsi en public.

— Je suis là si vous avez besoin de moi. Pour *quoi que ce soit.*

Elle battit des cils et partit d'un pas traînant.

— Mon Dieu. Je suis officiellement trop vieux pour ces conneries.

Austin gloussa d'une voix rauque.

— C'est bon de savoir que tu veux rester fidèle à Shea. Non pas que tu aies déjà trompé ta copine, je ne fais pas ce genre de conneries non plus. Mais c'est toujours bon de savoir dans quelle direction tu vas.

— Pourquoi ne me demandes-tu pas simplement ce que tu veux savoir ?

Sérieusement, les Montgomery étaient toujours impliqués dans le business familial. Peu importait que Shep soit loin d'eux. Il faisait toujours partie de la famille.

Austin but une autre gorgée.

— Les choses sont sérieuses entre Shea et toi ? Tu ne rajeunis pas, tu sais.

— On a le même âge alors, arrête de faire ton discours de vieux. Quant à moi et Shea ?

Il se rassit correctement et y réfléchit. Il avait eu quelques relations sérieuses auparavant, mais rien qui ne lui avait donné envie de se précipiter vers l'autel ou d'imaginer sa copine avec son enfant. En revanche avec Shea ? Elle était différente.

— Oui, c'est sérieux.

— C'est bon à savoir, mec. C'est bon à savoir.

Le regard d'Austin s'illumina lorsqu'il regarda par-dessus l'épaule de Shep.

— Et la voilà, ajouta-t-elle. Salut, Shea. C'est bon de te revoir.

Ils s'étaient rencontrés quand Austin était arrivé à La Nouvelle-Orléans. Il lui avait jeté un coup d'œil et avait annoncé qu'il dormirait chez un ami plutôt que chez Shep.

Bon garçon.

Shep se retourna et prit une grande inspiration.

Oui, il tombait sous le charme de cette blonde sexy dans sa robe rouge.

Et il tombait vite.

S'il analysait la situation avec assez d'attention, il aurait pu découvrir qu'il était déjà tombé sous son charme, mais il savait que Shea et lui n'étaient pas prêts pour ça.

Pas encore.

La robe rubis moulait ses courbes, mais remontait dans son cou de cette manière classique qu'elle aimait. Elle laissait apparaître sa peau pour lui. La robe effleurait le haut de ses genoux et cette fois-ci elle portait des chaussures plates rouges plutôt que des talons.

Il avait dit qu'ils allaient devoir marcher aujourd'hui, pendant leur rendez-vous, donc elle s'était habillée juste pour lui.

Oui, il tombait carrément sous son charme.

Il se leva et s'avança vers elle, incapable d'attendre plus longtemps. Il attrapa son visage en coupe et l'inclina vers lui. Ses lèvres étaient à peine ouvertes et il prit ça pour une invitation à capturer sa bouche.

Bon sang, il aimait son goût.

Il recula, à bout de souffle, et baissa les yeux vers ce visage sexy et rougi.

— Salut.

Elle sourit.

— Salut.

— Salut à vous deux, cria Austin derrière eux. Maintenant, asseyez-vous et arrêtez de vous chauffer dans la rue. Vos cafés refroidissent et j'ai envie de commander des beignets. Je vais tous les manger, vous savez.

Shep se retourna, passa un bras autour des épaules de Shea et avança vers Austin.

— Si tu les manges tous, tu vas perdre ta silhouette de jeune fille.

Austin passa une main sur son ventre plat et sourit.

— Ça vaudrait totalement le coup.

Shea rit, le son remplissant son âme. Mon Dieu, cette femme avait besoin de rire plus et il savait qu'elle commençait à le faire. La glace se brisait et le feu sauvage brûlait.

Sa Shea était plus que ce que sa mère voulait. Bien, bien plus.

— Tu m'as commandé un café ? s'enquit-elle.

Il l'embrassa sur la tempe puis s'assit sur sa chaise.

— Oui. C'est la chicorée que tu aimes.

Elle sourit et but une gorgée, le petit gémissement qui lui échappa vibrant directement dans le pénis de Shep.

Du coin de l'œil, il vit Austin sourire, mais il ignora ce salaud. Ce petit gémissement n'était que pour Shep.

— Alors, où est-ce qu'on va ce matin ? demanda-t-elle quand ils eurent fini les beignets.

— Eh bien, je dois aller au travail un moment, comme je l'ai dit, et tu as dit que tu viendrais, répondit Shep.

Elle lui lança un grand sourire, mais ses yeux retenaient une trace de nervosité.

— Je veux voir comment tu travailles. Tu sais, pour me préparer à mon propre tatouage.

— C'est bien de s'habituer à la sensation avant de te lancer dans quelque chose de ce genre, ajouta Austin. En plus, Shep est un artiste vraiment phéno-ménal, alors tu es entre de bonnes mains. Si je ne le pensais pas, je te ferais le tatouage moi-même.

Shep fronça les sourcils en regardant son cousin. Il avait la sensation qu'Austin parlait d'autre chose que de tatouage quand il s'agissait de Shea, néan-moins, il ne voulait pas insister là-dessus devant elle. Ce serait une raison pour s'en prendre à son cousin, plus tard.

— Je lui fais entièrement confiance, déclara Shea.

Shep prit une grande inspiration.

Oh que oui !

Enfin.

— Alors, où est-ce que tu m'emmènes après le travail ?

Shep sourit.

— Au cimetière St Louis.

Austin éclata de rire tandis que Shea écarquilla les yeux.

— Un cimetière ? C'est ton idée d'un rendez-vous ?

Shep haussa les épaules et lui vola un baiser.

— Tu vas aimer. Je te le promets.

— Je n'aime pas être effrayée, Shep.

Il l'attira plus proche de lui.

— Chérie, ce n'est pas un parc d'attractions où ils essaient de te faire peur sur certains manèges. Là-bas, il y a une véritable histoire. On y passera un moment. On fera un tour. On verra des choses qu'on ne voit pas d'habitude. Puis on rentrera à la maison.

— Là où Shep s'assurera de te tenir chaud si tu as froid, l'interrompit sèchement Austin.

— Ferme-la, Austin, cracha Shep.

Shea lui sourit.

— Oh vraiment ? Et comment réussiras-tu à me tenir chaud ?

Il se pencha et lui mordit la lèvre inférieure.

— Coquine. Ne m'oblige pas à tout te raconter en

détail devant Austin. On doit aller à *Midnight Ink* et je n'ai pas envie de faire un tatouage en bandant.

Shea ricana.

— Ce serait gênant.

— Euh, oui, étant donné que je tatoue une femme de soixante ans avec le nom de ses petits-enfants.

En fait, il écrivait ces noms dans une œuvre d'art compliquée avec des lys et de la lavande. Il était vraiment enthousiaste à l'idée de le faire, quelque chose qui ne lui était pas arrivé depuis un moment.

Shea écarquilla les yeux, puis rejeta la tête en arrière et rit.

— Oh, pauvre bébé.

— Ferme-la, femme.

Il l'embrassa puis se leva.

— Je vais te le faire payer.

Son regard s'assombrit et elle se lécha les lèvres.

— Je suis sûre que tu vas me le faire payer.

Merde. La journée allait être longue.

Shep ferma la porte derrière eux, puis poussa Shea contre elle. Il enroula ses cheveux autour de son poing, inclina la tête sur le côté et enfouit son visage dans son cou.

Elle se tortilla contre lui et rit.

— Alors, tu as parlé de me réchauffer ? déclara-t-elle, haletante.

Il recula avant de frotter son érection contre elle.

— Oh oui. Tu as eu peur quand tu as marché parmi les morts, ce soir ?

Elle tenta de se rapprocher, mais il l'appuya contre la porte.

— Laisse-moi te toucher.

— Réponds-moi, Shea.

— Bien sûr, mais tu étais là, alors ce n'était pas si horrible. Serre-moi dans tes bras maintenant et ça va aller.

Il grogna, appuyant ses hanches contre les siennes.

— Je vais te serrer, Shea. N'oublie pas ça. Je ne vais pas te lâcher.

— Marché conclu.

Il sourit, puis se mit à genoux.

— Qu'est-ce que tu fais ?

— Je vais te dévorer et tu vas enrouler ta jambe autour de mon épaule. Ensuite, je vais te prendre contre la porte. D'accord ?

— Oh. D'accord, grinça-t-elle.

Shep gloussa.

Il savait que Shea aimait quand il avait la tête entre ses jambes, et la bouche sur son sexe. Elle avait sacrément joui quand il l'avait fait la dernière fois, alors il le ferait chaque fois qu'il en aurait l'occasion.

Même si cela signifiait que son pénis allait exploser.

Il l'aida à enlever ses chaussures et les jeta derrière lui. S'il s'était agi de talons, il lui aurait demandé de les garder pendant qu'il la prenait puisque c'était torride. Cela devrait attendre une prochaine fois.

Il lui enleva sa culotte et sourit. Il aimait le petit triangle de poils blonds au-dessus de son sexe. Il aimait juste son sexe, en fait.

Entièrement.

Il lui écarta les jambes, en passant un autour de ses épaules pour qu'elle puisse garder l'autre en guise de soutien, puis il se mit au travail. Il lécha autour de son clitoris, glissa ses mains sur ses cuisses et écarta les lèvres de son pubis pour voir le rose luisant.

Oh, oui.

Il la baisa avec sa langue, puis ses doigts, sa langue à nouveau, son goût recouvrant sa langue. Il l'entendit haleter au-dessus de lui, donc il garda la même cadence, ne la laissant pas jouir avant d'avoir fini.

Non pas qu'il se lasserait un jour de la dévorer.

Il suçota son clitoris pendant que ses doigts trouvaient sa petite boule de nerfs et appuyaient dessus. Elle se brisa, son sexe se resserrant autour de ses doigts comme un étau.

Il recula alors qu'elle continuait de jouir, sortit son membre de son jean, déroula un préservatif, puis plongea dans la chaleur de la jeune femme avant qu'elle puisse s'exclamer.

— Merde, Shea, tu es si étroite.

— Oh, mon Dieu, j'aime ça. S'il te plaît, prends-moi.

— C'est ma coquine, ça.

Il donna des coups de reins alors qu'elle enroulait ses jambes autour de lui. Il s'agrippa à ses fesses, la maintenant contre la porte. Il enfouit son visage dans son cou tandis qu'elle tirait brusquement sur ses cheveux.

Les hanches de Shea accusèrent les coups de rein, si fort que le bruit de leurs ébats faisait écho dans la pièce. Il s'en moquait.

Il la voulait.

Maintenant.

Elle laissa échapper une petite exclamation

avant de se resserrer autour de lui, jouissant. Il plongea encore en elle avant de jouir derrière elle, sa semence remplissant le préservatif.

Il avait hâte de pouvoir le faire sans protection avec elle.

Ils restèrent ainsi pendant quelques minutes, son sexe toujours dur comme s'il ne venait pas tout juste de jouir. Il n'était plus un jeune homme, mais merde, il pourrait recommencer si Shea le voulait.

Finalement, il se retira et laissa ses pieds toucher le sol. Il lui laissa une seconde, courut vers la cuisine pour se débarrasser du préservatif et revint dans la chambre.

Le regard de la jeune femme croisa le sien, puis se baissa vers son sexe.

— Va t'asseoir sur le canapé, ordonna-t-elle.

Il haussa les sourcils.

— Shea...

— Va t'asseoir sur le canapé, répéta-t-elle.

— Tu es en train de dire que tu veux me sucer ?

Il serait totalement partant pour ça.

— Je fais des fellations sacrément bonnes. Je dis ça comme ça.

Il rit, aimant qu'elle commence à dire ce qu'elle avait sur le cœur ainsi que des cochonneries, bien loin de la Shea qu'il avait rencontrée la première fois.

Il enleva le reste de ses vêtements, puis débarrassa Shea de sa robe. Elle s'exclama et il rit avant de lui enlever son soutien-gorge.

— Je croyais que j'allais te sucer, dit-elle en tentant d'avoir l'air inflexible.

— Si tu me suces, je veux m'assurer que ces tétons soient libres pour que je puisse jouer avec eux en même temps. Ça te semble bien ?

Je regardai ses tétons se durcir.

— Assieds-toi. Sur le Canapé. Maintenant.

Il avança vers le canapé, son membre rebondissant. Oui, le paradis. Le paradis pur.

Dès qu'il s'assit, Shea fut là, agenouillé entre ses cuisses, un air affamé sur le visage. Il n'eut pas la chance de parler avant qu'elle s'agrippe à sa longueur et commence à le caresser. Il était toujours mouillé après avoir joui, donc elle put glisser facilement sur son érection.

Elle lui sourit, d'un regard aguicheur, puis elle lécha la fente à l'extrémité de son sexe. Il prit une grande inspiration et la regarda, la *sentit* lorsqu'elle lécha le piercing au bout. Elle suça toute sa longueur, le caressant là où sa bouche n'était pas. Ses lèvres traînèrent jusqu'à ses testicules et il leva les fesses du canapé, le plaisir grandissant tandis qu'elle prenait un testicule dans sa bouche, le fit rouler, puis fit subir le même traitement à l'autre.

— Merde, tu avais raison. Tu es vraiment doué pour faire une fellation.

Elle s'éloigna et se lécha les lèvres.

— Et je ne t'ai pas encore fait de gorge profonde.

Il déglutit difficilement, posa la main à la base de son sexe pour le figer et leva le menton.

— Je suis là, bébé.

Elle sourit puis saisit le gland dans sa bouche. Elle le prit en gorge profonde et il fut sur le point de jouir. Nom de Dieu, elle était bonne.

Elle bougea la tête de haut en bas, le prenant plus profondément chaque fois. Ce qu'elle ne pouvait engloutir, ses mains s'en chargeaient et serraient.

Incapable de se retenir, il enroula ses cheveux autour de son poing et tira. Elle relâcha son érection dans un bruit sec et fronça les sourcils.

— J'étais occupée.

— Je vais te prendre la bouche, Shea. Ça te va ?

Il ne voulait pas lui faire du mal.

Elle écarquilla les yeux et acquiesça. Il baissa la tête et elle prit son gland en bouche avant de relâcher sa mâchoire. Il raffermit sa prise sur ses cheveux, la maintenant en place, puis il donna des coups de rein, lentement au début. La vue de son sexe glissant dans la bouche de Shea devait être l'une des choses les plus torrides qu'il avait jamais vues.

Elle ouvrit la bouche en grand pour ne pas se faire mal avec les piercings de Shep. S'il voulait y aller plus fort à l'avenir, il allait devoir les enlever.

Il lui prit lentement la bouche, gardant une poigne ferme sur ses cheveux.

— Touche-toi, Shea. Fais-toi jouir.

Elle acquiesça, alors qu'elle avait encore son érection dans sa bouche, puis glissa une main sur son ventre.

Il tira sa tête en arrière pour continuer à la prendre tout en la voyant se pénétrer avec ses doigts. Sa main était mouillée et il faillit jouir.

Il tira sur les cheveux de la jeune femme, et lui prit ensuite la bouche plus brusquement.

— Touche ton clitoris, Shea. Pince-le.

Elle gémit en le faisant.

— Tripote et pince tes tétons en te baisant, chérie. Je vais bientôt jouir et tu dois le faire en premier. Compris ?

Elle acquiesça, l'impatience dans son regard.

Il la regarda quand elle se pénétra et joua avec ses tétons. Cette scène était enivrante. Le souffle de Shea devenait haletant autour de son érection jusqu'à ce qu'elle gémisse enfin, ses yeux roulant dans leurs orbites lorsque son orgasme la submergea.

— Détends-toi et avale, Shea.

Elle croisa son regard et acquiesça. Il donna deux coups de reins supplémentaires dans sa bouche, puis resta là, la semence s'étalant sur la langue de la jeune femme, puis dans sa gorge.

Finalement, il relâcha ses cheveux et l'attira sur ses genoux. Elle se blottit contre lui et passa ses mains sur son corps.

— Ça va, chérie ?

— Je ne me suis jamais sentie mieux. Et toi ? chuchota-t-elle, le visage dans son cou.

— C'est le paradis, Shea. Le putain de paradis.

CHAPITRE SIX

SHEA JURAIT que les papiers sur son bureau s'étaient démultipliés pendant le week-end. Elle jeta un coup d'œil à la pile qui n'était pas là vendredi et jura. Ses collègues étaient fous s'ils pensaient qu'elle rangerait leur bazar.

Oh que non !

Elle serait peut-être passée outre et l'aurait fait auparavant, mais plus maintenant.

Pas depuis Shep.

D'accord, donc, d'après Shep, c'était uniquement grâce à elle-même et il n'avait rien à voir avec le fait qu'elle commençait à avoir du cran, mais elle prendrait le compliment.

Il l'avait fait sourire, l'avait fait se perdre et se retrouver en deux semaines.

Deux semaines.

Elle n'arrivait pas à croire qu'elle ne le connaissait que depuis deux semaines. Cela n'avait aucun sens qu'elle ressente ce qu'elle ressentait effectivement pour lui – même si elle ne s'autorisait pas à dire les mots – en si peu de temps.

Il la faisait rire. Il lui prévoyait les plus fous des rendez-vous. Quelle personne saine d'esprit aurait envie d'aller dans un cimetière au milieu de la nuit juste pour en apprendre plus sur sa ville et se blottir l'un contre l'autre ?

Les images du moment où ils s'étaient rapprochés contre la porte, par terre, dans le lit, plus tard sous la douche et même plus après sur la table du petit déjeuner emplirent son esprit.

Elle rougit horriblement et sentit la chaleur sur ses joues.

Oh oui.

Elle aimait qu'il la réchauffe de *toutes* les façons.

— Te voilà. Regarde ce bazar. Tu choisis de laisser un homme parfait pour quoi ? Cette crasse ? Je peux voir rien qu'aux piles sur ton bureau que tu es en retard sur ton planning. Tu n'es même pas douée pour le travail à cause duquel tu as quitté ta famille ? Mon Dieu, pour quoi es-tu faite ?

Shea se figea en entendant les méchancetés de sa mère.

Que diable faisait cette femme ici ? Elle n'avait pas une seule fois mis les pieds dans le bureau de sa fille. Son lieu de travail n'était pas assez chic pour une femme telle que sa mère et c'était quelque chose que Shea adorait en secret puisque cela lui permettait d'échapper à la reine des garces.

— Mère ? s'exclama-t-elle.

Le chaud qui lui était monté aux joues en pensant à Shep disparut plus vite que si elle avait plongé dans l'Arctique.

— Évidemment que c'est moi. Tu croyais que c'était qui ? Est-ce qu'une autre femme pourrait venir ici et savoir ce que je sais ? Bien sûr, tu déçois probablement d'autres personnes tout comme tu me déçois, mais souviens-toi, tu ne pourras *jamais* décevoir les autres comme tu me déçois moi.

Shea en avait assez.

— C'est quoi ton problème, mère ? Qu'est-ce que j'ai fait pour mériter ton mépris ? Tu t'acharnes sur moi depuis que je suis petite. Oh, tu n'as jamais levé la main sur moi. Ça, c'est pour les pauvres. Pourtant, tu ne m'as jamais trouvé assez bien. Il me manquait toujours quelque chose. Dis-moi, mère, qu'est-ce que j'ai fait ?

Sa mère se figea, sa bouche s'ouvrant comme celle d'un poisson avant qu'elle pince les lèvres.

— Qu'est-ce que tu as fait ? Rien !

Elle leva les mains brusquement.

— Rien. Tu as toujours été une sangsue inutile. J'ai fait tout ce que j'ai pu pour t'assurer une place dans la société. J'ai prévu et planifié le mariage idéal et pourtant, regarde ce que tu as fait. Tu as tout jeté à la poubelle. Et pour quoi ? Un voyou tatoué qui ne serait même pas bon à me lécher les bottes.

Sa mère était au courant pour Shep ?

— Comment diable sais-tu qui est mon petit ami ? Et, pour ton information, ne parle pas de Shep comme ça. Tu ne sais rien de lui.

— Je sais tout de lui, chérie. Tu ne comprends pas ? Je sais tout. Il faut juste un peu d'argent et un coup de pouce, et je sais tout. Je sais que tu vagabondes en ville comme une vulgaire traînée. Il ne peut même pas t'organiser un vrai rendez-vous galant. Non. Il t'emmène dans des endroits comme des cimetières. Mon Dieu. C'est un tueur à la hache en devenir, et tu fais des cabrioles avec lui ? Non. Plus maintenant, chérie. Plus maintenant.

— Tu m'as fait suivre ?

Shea savait qu'elle ne devrait pas supposer que sa mère l'avait suivi elle-même. Impossible que sa mère se soit abaissée à faire le travail elle-même. Shea était surprise que cette femme ait déjà pris le temps de s'aventurer jusqu'ici.

Elle devait mijoter quelque chose.

La peur s'insinua dans sa colonne vertébrale et elle leva le menton, se préparant.

— Bien sûr que oui. Je n'ai jamais arrêté, Shea. Tu crois que tu as quitté la famille, mais ce n'est pas le cas. Nous t'avons laissé prendre une petite pause pour que tu puisses te *trouver*, mais il est maintenant temps de revenir. Richard était en colère que tu n'aies pas pu venir au brunch, ce qui est compréhensible, mais il est toujours prêt à te reprendre. Évidemment, nous le dédommageons pour les ennuis que cela lui cause. C'est tout à fait normal.

Shea cligna des yeux.

— Tu l'as *payé* pour qu'il m'épouse ? On n'est pas sous la Régence anglaise ! Je n'ai pas besoin d'une putain de dot.

— Surveille ton langage et garde un ton poli. Richard devra t'infliger une correction si ça continue.

Sa mère avait-elle vraiment dit que son futur mari devait la frapper ? Nom de Dieu, cette femme était cinglée.

— Mère...

Sa mère leva la main, l'interrompant.

— Non. Je ne veux pas entendre tes excuses. Tu vas quitter ce travail immédiatement. Tu as déjà prouvé que tu ne pouvais pas tenir le rythme. Regarde tout le fouillis sur ton bureau. Une vraie Little aurait au moins excellé dans la profession qu'elle a choisie. Même ça, tu n'as pas réussi à le faire.

— Ce n'est pas mon travail. Je suis douée dans ce que je fais. Arrête de m'interrompre.

Sa mère plissa les yeux.

— Je n'aime pas ta nouvelle attitude. Au moins, quand tu as quitté la famille, tu l'as fait avec les yeux baissés, comme la petite garce que tu es. En revanche, maintenant ? Je rejette la faute sur ce voyou tatoué qui t'a mis de telles pensées en tête. Tu n'es rien, Shea. Ce voyou est encore moins que toi. Dans un autre monde, vous seriez parfaits l'un pour l'autre. Mais ici ? Dans ce monde, tu n'es rien. La famille a besoin de toi et tu n'auras plus le droit d'abandonner tes responsabilités. Je ne l'accepterai pas.

La rage submergea Shea.

— Tu ne l'accepteras pas ? Tu te prends pour qui ? Tu n'es pas ma mère. Tu as juste une saleté de mégère qui ignore qu'elle ne me contrôle pas. Laisse-moi tranquille. Tu ne vois pas que je suis plus heureuse sans la famille ? Tu remarqueras que tu n'as pas évoqué une seule fois le nom de mon père. Pourquoi ? Est-ce parce qu'il s'en moque totalement ? Il ne s'est jamais intéressé à moi, mère. Je m'en fous aussi. Laisse-moi tranquille.

Sa mère tressaillit à la mention de son mari.

Coup direct.

Tristement, cela n'aida pas Shea à se sentir mieux.

— Laisse ton père en dehors de ça. Tu n'as jamais été assez bien pour lui non plus. Tu es la raison pour laquelle il ignore ce qu'il a fait. Toi.

— Si tu le dis, mère. Maintenant, va-t'en, s'il te plaît. Je suis fatiguée et j'ai du travail à faire. Ensuite, j'irai voir Shep parce que j'ai trente-deux ans et que je suis en âge de me foutre de ce que ma mère me dit. Surtout quand tout ce qu'elle crache, c'est du vitriol et de la haine. J'en ai assez.

Sa mère pinça davantage les lèvres. Si cette femme ne faisait pas attention, elle n'allait plus avoir assez de lèvres à pincer.

— Tu peux essayer, Shea. Oh, tu peux certainement essayer. Mais si tu ne retrouves pas Richard pour le dîner ce soir et que tu ne dis pas oui à son offre, je m'occuperai de ce voyou, *Shep*, et de tout ce qu'il touche.

Shea se figea.

— Et qu'est-ce que tu veux dire par là, bordel ?

— Surveille ton langage.

— On s'en tape de mon langage ! hurla la jeune femme. Explique-moi que tu veux dire. Tu ne peux pas faire de mal à Shep. Il ne signifie rien pour toi. Il ne fait pas partir de *ton* cercle de connaissances, merci, mon Dieu.

Sa mère leva le menton.

— Oui, oui, il n'en fait certainement pas partie. Il n'en fera jamais partie. Mais en revanche, ce qu'il est, c'est une crapule qui n'a pas été à l'université et qui fait quelque chose digne d'un prisonnier dans une cellule.

— L'art de Shep est brillant. Tu ne sais rien de lui. Arrête de le rabaisser.

— Il n'est *rien*. Avec quelques coups de fil, je peux faire fermer ce bordel qu'est *Midnight Ink*. Je vais m'assurer qu'il ne puisse même pas dessiner à la craie dans la rue sans avoir la police sur le dos pour avoir commis un crime quelconque. Je vais le détruire, Shea. Ne va pas imaginer que je ne le ferai pas. Et si tu refuses encore de rester loin de lui, je détruirais cette autre boutique à Denver, *Montgo-mery Ink*. Je les détruirais toutes.

L'éclat déterminé dans le regard de sa mère donnait envie de vomir à Shea.

La bile lui remplit la bouche et elle lutta pour contrôler ses tremblements.

Nom de Dieu.

Qui *était* cette femme ?

— Tu... Tu ne peux pas faire ça.

Même aux oreilles de Shea, sa voix semblait faible.

Évidemment que sa mère pouvait faire ça. Cette femme vivait pour commettre de tels actes. Elle avait de l'influence grâce à l'argent et à sa famille qui se trouvait partout.

Shep pouvait tout perdre parce que la mère de Shea était une mégère égoïste et vindicative.

Nom de Dieu.

— Tu sais que je le peux, Shea. Tu sais que je peux l'écraser sous ma chaussure sans même battre un cil. Ça me plairait.

Shea déglutit difficilement.

— Pourquoi ? Pourquoi voudrais-tu faire ça ?

— Nous avons besoin de la famille de Richard, cracha sa mère. Nous avons peut-être de l'argent et du pouvoir dans cet État, mais les parents de Richard en ont dans tous les pays. Ensemble, nous pouvons aller encore plus loin. Tu sais que Richard a des ambitions politiques. Avec toi à ses côtés, notre famille sera sacrée pendant des générations. On se souviendra de nous pour toujours. Nous serons éternels.

Cette femme devait être folle.

Clairement cinglée.

— Si tu ne le quittes pas, je lui prendrais tout, Shea. Tu as jusqu'à ce soir.

Sur ces mots, sa mère se retourna sur ses talons luxueux et laissa Shea, seule dans son bureau.

Brisée.

Shea tituba vers l'arrière, ses pieds fonctionnant à peine lorsqu'elle heurta son bureau. Une pile de papiers tomba par terre, mais elle les ignora.

Qu'allait-elle faire ?

Ça ne pouvait pas être en train d'arriver. Sa mère ne pouvait pas simplement venir dans sa vie et tenter de reprendre le contrôle qu'elle avait exercé si longtemps.

Shea ferma les yeux. Les larmes qu'elle n'avait pas remarquées avant se mirent à couler.

Elle allait perdre Shep.

Pour s'assurer que la vie du jeune homme reste comme il la connaissait, pour assurer son bonheur, elle allait le perdre.

Ses bras devinrent engourdis, son torse la picota.

Mon Dieu.

Elle ne pouvait pas le perdre. Elle venait juste de le trouver.

Elle s'était enfin affirmée devant sa mère, la tête haute, tout ça pour rien. Cette femme avait toujours l'avantage, un atout dans sa manche, et maintenant, elle avait ce qui garantirait la fin de la vie que Shea voulait bâtir avec l'homme qu'elle aimait.

Peu importait à quel point elle pensait pouvoir se battre, sa mère se battrait avec plus d'ardeur afin de punir Shea pour les fautes et les méfaits qu'elle n'avait en fait jamais commis.

Voilà le genre de femme qu'était sa mère.

Shea ne savait pas comment se battre contre ça.

Oh, elle avait peut-être appris à se défendre seule et combattrait jusqu'aux confins de la Terre pour Shep, mais risquer de le blesser outre mesure en luttant contre sa mère alors qu'elle savait qu'elle ne pouvait gagner ?

Non.

Elle ne pouvait pas faire ça.

Elle y serait obligée pour s'assurer qu'il puisse vivre sans elle.

Elle épouserait Richard et se briserait totalement à l'occasion.

Elle ferait n'importe quoi pour Shep.

Même le quitter.

Elle ramassa les piles de papiers qu'elle avait fait tomber et les posa sur un autre tas qu'elle laisserait aux autres comptables.

Bon sang. Elle abandonnait vraiment.

C'était la personne en laquelle sa mère l'avait transformée, la personne qu'elle avait tant luttée pour ne pas devenir.

Elle détestait ça.

— Shea ? J'ai apporté du café.

La voix de Shep la surprit et elle fit tomber les liasses de papier qu'elle avait dans la main. Elle jura à nouveau, intérieurement, puisqu'elle se rappela qu'elle devrait arrêter de le faire à voix haute quand elle serait mariée à Richard. Puis elle se pencha pour les récupérer.

— Oh, je suis désolé de t'avoir fait peur, chérie. Attends, laisse-moi t'aider.

Du coin de l'œil, elle vit Shep poser deux gobelets de café ainsi qu'un sachet de pâtisseries, avant de s'avancer vers elle.

Elle devait se retourner.

C'était trop douloureux de le regarder en face.

Elle allait devoir s'éclipser furtivement comme la lâche qu'elle était.

— Je gère. En fait, je suis assez occupée, là. Tu arrives au mauvais moment.

Sa voix était glaciale, tout comme elle l'avait été avant qu'elle aille à *Midnight Ink* la première fois et qu'elle pose les yeux sur l'homme dont elle était tombée amoureuse.

— Hé, qu'est-ce qui ne va pas ? Qu'est-ce qui cloche ?

Il posa une main sur son coude, la tournant vers lui. Elle baissa la tête, incapable de croiser son regard.

— Parle-moi.

— Tu dois y aller, Shep.

Les mots lui étaient arrachés, la bile montait à nouveau dans sa gorge.

Il leva la tête de Shea en posant un doigt sous son menton.

— Pourquoi ? Pourquoi dois-je y aller ?

— Tu... Tu dois y aller. C'était amusant. Vraiment. Mais je dois retrouver ma vie. J'ai changé d'avis pour le tatouage. Je n'en veux plus. Je ne te veux plus.

Elle retint ses larmes, l'agonie devenant insupportable.

La douleur se lut sur le visage de Shep avant

qu'il prenne une expression minutieusement impassible.

— Quoi ?

— Je... Je ne peux plus être avec toi. Nous sommes différents. Tu es tellement... toi. Si vibrant. Si... *Midnight Ink*. Je suis de glace. J'ai toujours été de glace et je le serai toute ma vie. Tu dois partir, Shep.

— Mais de quoi parles-tu, Shea ?

— Tu dois y aller, Shep. On ne peut plus se voir. C'est terminé.

Il baissa les yeux vers elle, arborant la même expression que lorsqu'elle avait demandé son tatouage à *Midnight Ink*.

— Non.

CHAPITRE SEPT

— NON, répéta Shep.

Il maintenait sa colère, son angoisse, à distance.

— Non. Tu n'as pas le droit de faire ça.

— Non ? Pourquoi continues-tu de répéter ça ? Tu ne peux pas juste dire non et obtenir ce que tu veux.

Le menton de Shea trembla et Shep serra la mâchoire. Il se passait quelque chose ici, quelque chose de plus qu'une peur de l'engagement ou qu'un autre sentiment qui aurait pu être là.

Non, c'était quelque chose de bien pire.

Shea avait peur de quelque chose et qu'il soit maudit s'il la laissait mettre fin à leur relation maintenant à cause de ça.

— Je t'ai dit non à la boutique parce que tu ignorais totalement ce que tu voulais mettre sur ta peau, Shea. C'est permanent. Ce n'est pas une putain de robe ou une merde dans ce genre-là.

Elle rejeta la tête en arrière, comme s'il venait de lui mettre une claque et il prit une inspiration par le nez. Merde. Il n'avait pas voulu lui dire quelque chose de si méchant, mais il était juste tellement en colère qu'elle essaie de le quitter.

Il n'avait jamais voulu de relation durable auparavant, pourtant maintenant, il en voulait une.

Avec Shea.

Elle n'avait pas le droit de partir.

Pas quand il savait qu'elle voulait la même chose.

Ou du moins qu'elle *l'avait* voulu.

— Je sais qu'un tatouage n'est pas une robe ni une paire de chaussures, Shep. Je ne suis pas une idiote. Ne me traite pas comme telle.

— Alors, toi non plus, ne *me* traite pas comme un idiot en me mentant. Tu me quittes parce que tu en as marre de moi ? Conneries. Tu mens. Maintenant, dis-moi ce qu'il se passe.

Elle déglutit difficilement, son regard suivant les longues lignes de sa gorge.

— J'en ai assez, Shep. Je ne veux pas de ça.

Sa voix se brisa, mais elle ne laissa pas les larmes couler.

— Va-t'en, c'est tout. S'il te plaît.

Il prit son visage entre ses mains et elle essaya de reculer. Il raffermit sa poigne, pas assez pour lui faire mal, mais suffisamment pour lui montrer qu'il ne la laisserait pas partir.

Pas sans une explication.

Peut-être jamais.

— Tu n'as pas le droit de me quitter, Shea. Pas quand je sais que tu me quittes parce que tu as peur. Si tu ne voulais plus de moi, je le saurais. Tu ne serais pas au bord de la crise de nerfs. Quelque chose t'a fait peur. Qu'est-ce que c'était, chérie ?

Elle ferma les yeux.

— Laisse-moi partir, Shep. Je... Je ne peux pas le faire. Je ne peux pas la laisser te faire du mal.

Du mal ?

— Explique-moi, Shea.

— Je ne peux pas.

— C'est ta famille ?

Elle ouvrit les yeux, puis acquiesça. D'accord. Il se rapprochait de la vérité.

— Tu n'es pas comme ta famille, Shea. Tu n'es pas la personne que ta mère aimerait.

Elle tressaillit.

— Chérie, tu es bien plus. Tu es une brise d'air frais, et tu es si géniale que j'ai envie de découvrir chaque couche de ton âme et de m'enrouler dedans. Je t'aime tellement, Shea. Tu ne le vois pas ?

Son souffle s'accéléra.

— Ne dis pas ça, Shep. Tu ne le penses pas.

— Arrête. Tu n'as pas droit de me dire ce que je ressens. Je t'aime. Je n'ai jamais aimé quelqu'un d'autre que ma famille alors ne me dis pas que j'ai tort. Je t'*aime*, putain.

— Tu essaies de me dire ce que je ressens !

— Parce que tu te mens ! Tu n'es pas la personne que croie ta famille ni celle qu'ils aimeraient que tu sois, Shea. Tu n'es pas qui *tu* penses.

Elle soupira.

Il se rapprocha.

— Je te veux, Shea. Je veux tout. Je veux la femme avec qui je suis sorti pendant ces rendez-vous. Je veux la femme dans la robe guindée et les chaussures d'allumeuse. Je veux tout.

— Shep.

— Non, laisse-moi finir. Je veux que tu aies ce tatouage. Je veux marquer ton corps avec ton âme, puis *me* marquer de ton âme. Je veux que tu te regardes et que tu saches que je t'aime.

Les larmes commencèrent à couler.

— Après, chérie, je veux ta marque sur mon

corps. Je veux que tu me regardes et que tu saches que je t'aime.

— Shep.

— Je veux tout, Shea.

Elle s'éloigna et tenta de le contourner. Il passa ses bras autour de sa taille, l'attirant contre lui pour que le dos de la jeune femme soit collé à son torse. Il appuya son nez contre sa joue et inspira.

— Chérie, dis-moi ce qui ne va pas.

— Je ne peux pas.

Sa voix tremblait et il se brisa pour elle.

— Chérie, n'ait pas peur. Je serai là pour te rattraper, même si tu es assez forte pour te rattraper toute seule. Tu dois juste le croire.

Silence. Puis elle chuchota :

— Je-je ne suis pas assez forte. Je suis une l-lâche.

Les larmes coulèrent sincèrement désormais et il la retourna, écrasant son corps.

Il passa une main dans son dos en murmurant son amour et ses promesses.

— Chérie, dis-moi ce qu'il s'est passé.

— Ma mère, murmura-t-elle d'une voix brisée.

Il raffermit sa prise.

— Ta mère ? Qu'est-ce qu'elle a fait, cette garce ?

— Elle...

Shea s'arrêta, prit une grande inspiration, et

inclina son menton jusqu'à ce qu'elle croise son regard.

— Elle m'a dit que si je continuais de te voir, elle te détruirait.

— Elle me détruirait ? C'est quoi ce délire ? Est-ce qu'elle croit qu'on est dans un genre de film de série B ?

Shea secoua la tête.

— Tu ne comprends pas. Ma famille a de l'influence. Non, pas dans le genre mafia ni rien.

Elle marqua une pause.

— En fait, je ne sais pas si c'est vrai. Mais le truc, c'est qu'ils ont de l'argent. Beaucoup d'argent. Mère utilise cet argent pour obtenir ce qu'elle veut.

— Et ce qu'elle veut, cette fois, c'est nous séparer.

Shea se mordit la lèvre.

— Ça, et plus.

— Pourquoi je n'aime pas ce que veut dire ce *plus* ?

— Elle veut que je quitte mon travail et que je voie Richard ce soir.

— Richard. Ton ex-fiancé, Richard ?

— Celui-là même. Elle dit qu'elle l'a *payé* pour m'épouser. Elle m'a *vendu* pour gagner plus d'influence pour la famille.

Il l'enlaça plus fermement.

— Oh, chérie. Je t'aime, mais j'ai envie de tuer ta mère.

— Tu vas devoir faire la queue, marmonna-t-elle.

— Dis-moi ce qu'elle compte faire pour que tu envisages d'accepter son offre, Shea. Je te connais, chérie. Tu as quitté ta famille une fois, et pourtant, tu vas les retrouver ?

— Comme je l'ai dit. Elle va te détruire.

— Comment ? Chérie, elle ne me *connaît* même pas. Comment peut-elle me détruire ?

— Elle va faire fermer *Midnight Ink* et faire en sorte que tu ne puisses plus travailler. Ensuite, elle va faire du mal à ta famille, à Denver. Austin et tous les autres. Shep, elle a fait de telles choses par le passé. Elle a fait renvoyer ma prof de CE2 et a fait annuler son diplôme puisque cette femme s'était défendue quand ma mère voulait me faire travailler sur des sujets différents que les enfants de parents plus pauvres.

— Nom de Dieu. Quelle pétasse. Comment diable a-t-elle fait ça ?

— Je ne sais pas. L'argent résout beaucoup de problèmes pour elle. Shep, je ne veux pas que tu perdes tout. Je ne la laisser faire.

Il l'embrassa. Brusquement.

Lorsqu'il recula, elle leva les yeux vers lui, le regard sombre.

— Non. Elle n'a pas le droit de faire ça. Qu'elle aille se faire foutre. Elle connaît peut-être des gens, mais ceux de *Midnight Ink* sont plus débrouillards qu'elle. Qu'elle aille se faire mettre. Ma famille a de l'influence aussi, chérie. Pas la même que la tienne, mais suffisamment pour qu'elle ne puisse pas nous faire de mal. Je trouverai un moyen de nous garder en sécurité, chérie. Tu n'as pas le droit de me fuir pour me protéger. Compris ?

— Shep. Je ne veux pas qu'elle te fasse de mal.

— Eh bien, tu n'as pas le droit de le décider.

— Tu me dis d'être indépendante et de me défendre seule. C'est ce que je fais.

— Non. Tu te bats pour moi et tu te débrouilles très mal.

— Eh bien, va te faire foutre !

Shep rejeta la tête en arrière et rit.

— Ce n'est pas le moment de rire, Shep.

— Nom de Dieu, chérie, tu viens juste de me dire d'aller me faire foutre. Toi, la femme qui n'utilise pas de jurons à part quand je suis bien profond en toi.

Un léger rougissement s'étira sur la peau de Shea.

— Arrête de dire ça.

— Chérie, tu es belle quand tu jouis. Tu es belle tous les jours. Tu n'as pas le droit de me quitter parce que ta mère est une garce. Je vais appeler quelques gars de *Midnight* et je vais me charger de ça. Elle n'a pas le pouvoir qu'elle pense. Nous ne sommes pas haut placés dans l'échelle du pouvoir. Nous sommes tout en bas, on la joue salement. Elle ne peut pas entrer dans notre jeu.

— Tu le promets ? s'enquit-elle d'une voix si remplie d'espoir que cela brisa le cœur du jeune homme.

— Je le promets. Ne me quitte pas, Shea.

— Je ne voulais pas te quitter. Je veux rester avec toi. Moi aussi, je veux tout de toi.

Cette dernière partie fut chuchotée.

— Nom de Dieu, je t'aime tellement.

Il l'embrassa brutalement, puis recula.

— Tu as quelque chose à me dire ? la taquina-t-il.

Shea sourit, les larmes dans ses yeux trahissant tellement de joie plutôt que la douleur qu'il avait vue auparavant.

— Je t'aime tellement. Tellement.

— C'est bien vrai, femme. Tu as le bureau pour toi pendant un moment ?

Shea fronça les sourcils.

— Oui. Je suis seule aujourd'hui. Pourquoi ?

— Parce que je vais te prendre sur ce bureau, avec tes jolis talons roses. Tu as un problème avec ça ?

Son regard s'assombrit et elle se tortilla dans ses bras.

— Shep…

— Tu as un problème avec ça ? répéta-t-il.

— Non, murmura-t-elle.

— Bien. Enlève ta culotte, Shea.

Elle gloussa.

— Et ma jupe ? Mon haut ?

— Je veux que tu restes habillée. Ça ne te semble pas génial ? Je te baise, on reste tous les deux habillés, comme ça, quand tu recommenceras à travailler aujourd'hui, tu porteras mon odeur ?

Elle acquiesça et bougea pour enlever sa culotte.

Quelle vue.

Nom de Dieu.

Il ouvrit son pantalon et sortit son sexe. Puis, il saisit le préservatif de sa poche arrière. Il en avait toujours un sur lui depuis qu'il avait rencontré Shea. Il déchira l'emballage et le déroula sur sa longueur.

— Penche-toi sur ton bureau, Shea.

Elle se lécha les lèvres et fit ce qu'il lui disait. Sa jupe était trop longue pour qu'il voie quoi que ce soit, donc il se releva et caressa son pénis déjà durci.

— Relève ta jupe. Montre-moi ton beau sexe.

Elle tendit les bras derrière elle et remonta la jupe sur ses hanches, gardant sa joue collée au bureau. Bon sang, sa copine savait ce qu'il voulait.

Ce geste mit à nu les fesses et le sexe de la jeune femme.

— Écarte un peu les jambes, chérie. Je veux te voir tout entière.

Elle s'exécuta, ses jambes tremblant dans ses talons hauts, mais elle était incroyablement magnifique.

Ses fesses étaient rondes, fermes, pourtant assez lâches pour qu'il puisse s'y agripper en la pénétrant. Son sexe mouillait rien que lorsqu'elle entendait la voix de Shep, et celui-ci avait hâte de plonger son membre en elle. D'ordinaire, il la dévorerait et irait lentement, mais à ce moment-là, il la voulait autour de son pénis.

Il avança vers elle et posa une paume sur ses fesses. Il se positionna pour lui mettre une grande fessée.

— Shep.

— Ne me quitte plus. N'y pense même pas. Pas quand c'est à cause de quelque chose d'aussi stupide que ce qu'il s'est passé.

Elle acquiesça et il caressa l'endroit qu'il venait

de claquer. Ils ne jouaient pas avec les fessées, à part de temps en temps, mais étant donné la façon dont elle s'exclama quand il le fit, ce serait un geste qu'il aurait hâte de reproduire à l'avenir.

Il laissa l'extrémité de sa verge s'appuyer contre les plis de son sexe, et la jeune femme soupira. Elle tenta de pousser contre lui, de le prendre plus profondément, mais il la maintint fermement.

— Pas encore, Shea. Laisse-moi contrôler.

— Tout ce que tu veux, Shep.

Mon Dieu, il aimait cette femme.

Il se positionna puis s'enfonça en elle d'un seul coup de rein.

Elle se cambra contre lui, un cri coincé dans la gorge. Ses parois se contractèrent autour de lui lorsqu'elle jouit.

— Nom de Dieu, Shea. Tu as joui avec un seul coup de reins. Tu es sacrément chaude, tu le sais, ça ?

— C'est ce que tu me fais, Shep. Maintenant, s'il te plaît, prends-moi. Fais en sorte que je t'appartienne.

Eh bien, si c'était ce qu'elle voulait.

Il se retira lentement, puis entra en elle aussi vite que précédemment. Il s'agrippa à ses hanches la prenant brusquement, faisant des va-et-vient aussi rapides qu'il le pouvait. La sueur perlait sur son front alors qu'il luttait pour ne pas jouir.

Il ne voulait pas que cela se termine.

Non, il voulait que l'image de Shea, penchée au-dessus de son bureau, le pénis de Shep glissant en elle, soit gravée pour toujours dans son esprit.

Ses testicules se resserrèrent et il jura avant de se retirer.

— Quoi ? demanda-t-elle.

Il la mit brusquement sur le dos et la pénétra en un coup de bassin.

— Oh, s'exclama-t-elle.

— Je veux voir ton visage quand je jouis.

Il entrelaça ses doigts avec ceux de Shea, gardant l'autre sur ses fesses pour la maintenir. Elle enroula ses jambes lacées de talons autour de sa taille.

Il donna des coups de reins en elle en l'embrassant, faisant glisser ses lèvres sur chaque partie qu'il pouvait atteindre. Ils étaient encore tous les deux habillés et il savait que dès qu'il le pourrait, il se déshabillerait et se chargerait de le faire également pour Shea, pour que leur peau se touche.

Son membre tressauta, prêt à exploser, et il prit sa bouche une fois de plus.

— Je t'aime, Shea.

— Je t'aime, Shep.

Il plongea une nouvelle fois en elle, sa semence remplissant le préservatif tandis qu'il grognait son nom contre son cou.

— Tu es le meilleur, haleta Shea.

Il sourit contre elle.

— Tu n'as encore rien vu.

— ON MET de la crème sur sa peau quand on est une fille obéissante...

Shep se figea, une main sur le flanc de Shea, l'autre sur ses fesses nues, la maintenant en place. Il réprima un frisson et ferma les yeux.

— Shea, chérie, arrête de dire ça chaque fois que je mets de la crème sur ton tatouage.

Elle se tordit pour qu'il puisse voir son visage. Ce geste ramena sa poitrine près du torse de Shep et il se pencha pour y donner un coup de langue.

Il ne pouvait s'en empêcher.

Shea gémit et se tortilla dans ses bras.

Il serra ses fesses, puis lui donna une grande fessée.

— Ne bouge pas.

— Tu viens juste de me fesser !

— Tu n'arrêtes pas de faire cette référence à ce film d'horreur quand je te mets de la crème.

Elle ricana et secoua la tête.

— Désolée. Ça me vient juste en tête chaque fois que tu lubrifies mon tatouage.

— Et arrête de qualifier ça de lubrifiant. On doit faire attention pendant des mois pour que je sois sûr de ne pas te faire mal quand je te baise, alors ne me cherche pas maintenant.

Shea bouda et Shep rit. Oh, oui, il adorait cette nouvelle Shea joueuse. Bien sûr, elle pouvait toujours être la princesse de glace quand elle en avait besoin, mais quand ils n'étaient que tous les deux, elle était de la soie pure.

Elle était purement *sienne*.

Ensemble, ils avaient définitivement coupé les ponts avec la famille de Shea. Sa foutue mère ignorait totalement à qui elle avait essayé de chercher des ennuis. Les Montgomery et les autres employés de *Midnight Ink* ne cédaient devant personne. Il n'avait fallu que quelques coups de fil et ils avaient obtenu assez d'informations compromettantes sur monsieur et madame Little pour les enterrer pour toujours. C'était incroyable de voir ce que l'argent pour la drogue et l'envie de bizarreries – des fantasmes qui n'entraient même pas dans les limites de la loi – pouvaient faire à une famille qui se targuait d'être convenable.

Apparemment, ils n'étaient convenables que pour les caméras.

Il avait choisi de garder ces informations à portée de main. Impossible qu'il fasse du mal à Shea en voulant afficher ses parents. Les employés de *Midnight* les faisaient chanter. Oui, Shea connaissait tout jusqu'au moindre détail, même si elle détestait ça, mais rien ne lui retomberait dessus.

Les Little avaient cédé et Shea s'était libérée.

Elle était libre d'être qui elle voulait, d'être avec lui et de se faire un tatouage.

Il passa une main sur l'œuvre qui avait nécessité deux longues sessions. Shea avait été une guerrière, ne grimaçant que quelques fois avant de se faire au rythme des vibrations de l'aiguille.

Oh, oui, il adorait carrément cette femme.

Il traça du bout du doigt le cerisier en fleurs qui courait sur tout son flanc droit et sourit. Une branche soulignait sa poitrine et il savait à quel point cela avait dû être douloureux, néanmoins, elle ne s'en était pas plainte. Une autre branche passait sur son épaule et ressortait sous la robe qu'elle portait. Les branches de l'arbre s'enroulaient autour du tronc et descendaient sur sa hanche, repartant dans le bas de son dos pour finir juste au-dessus de ses fesses.

Sérieusement, c'était sa plus belle œuvre d'art.

Chaque fleur était une forme rose et blanche délicate, avec des ombres.

La fleur de cerisier symbolisait la fin de l'hiver, un moment difficile, ou un voyage qui arrivait à sa fin. Ils avaient choisi la fleur de cerisier à cause de son changement et de la façon dont elle voulait vivre sa vie.

Librement.

Elle prospérait sans l'influence de sa famille, alors cela paraissait approprié qu'il lui dessine cela.

Ce qui rendait le tatouage parfait à leurs yeux, c'étaient les traits dans le tronc de l'arbre. Il ne l'avait pas rempli de façon classique en rajoutant des ombres, mais avait esquissé des symboles qui leur étaient spéciaux, laissant de la place à certains endroits pour ajouter des dessins en temps voulu.

Il y avait le symbole celtique représentant la joie sur sa cage thoracique. Il se souvenait de son rire, de son sourire, de sa joie véritable lors de leur premier rendez-vous quand ils avaient écouté le groupe jouer.

Un autre symbole celtique montrait qu'elle était intrépide. Elle avait couru dans un cimetière avec lui, elle avait plongé la tête la première dans son monde, et elle l'avait rendu plus brillant pour lui. Elle s'était fait tatouer l'un des plus grands dessins qu'il ait jamais réalisés pour sa première, parce qu'elle était ainsi.

Le dernier symbole représentait la liberté. C'était la chose la plus simple à décrire sur son corps. Elle était enfin libre, même si cette liberté était liée à Shep.

Non pas que cela la dérangeait.

Il posa une main sur le flanc de la jeune femme et baissa les yeux vers elle.

— Je t'aime, Shea.

— Je t'aime aussi, Shep. Même si maintenant que je suis totalement cicatrisée, je t'aimerais encore plus si on reprenait les affaires sérieuses comme on l'avait prévu.

Il rejeta la tête en arrière et rit.

— Tais-toi. J'allais te demander quelque chose. Arrête de me faire bander.

Il baissa les yeux vers son sexe.

— Enfin, de me faire bander *encore plus*.

Shea ricana puis se rassit, ses seins rebondissants.

Il aimait la façon dont elle s'agitait.

— Qu'est-ce qu'il y a ?

Il saisit son visage entre ses mains, son cœur

tambourinant. Il prit une grande inspiration, puis fit le grand saut.

— Je veux être avec toi pour toujours, Shea. Pour toujours. Épouse-moi. Je veux que tu aies de nombreux enfants avec moi. Sois simplement avec moi.

Shea écarquilla les yeux et passa les bras autour de son cou, appuyant ses lèvres sur les siennes. Shep bredouilla avant de l'attirer contre lui.

Il se recula.

— C'est un oui ? Je sais qu'on ne se voit que depuis quelques mois, mais...

— Ferme-la. Bien sûr que c'est un oui !

Shep sourit, la joie l'emplissant.

— Oh oui. Tu es à moi. Tu seras bientôt madame Montgomery.

Shea se lécha les lèvres.

— Shea Montgomery ? J'adore.

— Pas autant que je t'adore.

Elle passa une main dans les cheveux de Shep.

— J'aime quand tu es tout sentimental, mon homme tatoué, sexy et barbu.

Il se pencha et frotta sa barbe contre la joue de la jeune femme.

— Seulement pour toi, Shea. Seulement pour toi.

Shea lui avait tout donné.

Son avenir.

Son bonheur.

Son inspiration.

Il avait maintenant toute une vie pour lui rendre la pareille.

À suivre dans la série *Montgomery Ink* :

Découvrez l'histoire de Sassy dans un bonus spécial sous forme de préquel, À l'encre du destin.
Austin est mis à l'honneur dans le premier tome de la série *Montgomery Ink* : À l'encre déliée.

Merci beaucoup d'avoir lu *À l'encre de ton cœur*.

La série se poursuit avec À l'encre du destin, suite des Montgomery de Denver.

La série *Montgomery Ink* est toujours en cours d'écriture. J'espère que vous pourrez découvrir les premiers tomes déjà parus !

Pour vous assurer d'être informé de toutes mes nouvelles parutions, inscrivez-vous à ma newsletter sur www.CarrieAnnRyan.com ; suivez-moi sur Twitter @CarrieAnnRyan, ou sur ma page Facebook. J'ai également un Fan Club Facebook où nous discutons de sujets divers, avec annonces et autres goodies. C'est grâce à vous que je fais ce que je fais, et je vous en remercie.

N'oubliez pas de vous inscrire à ma LISTE DE

DIFFUSION pour savoir quand les prochaines publications seront disponibles, participer à des concours et obtenir des *lectures gratuites*.

Bonne lecture !

Montgomery Ink :

Montgomery Ink:
  Tome 0.5: À l'encre de ton cœur
  Tome 0.6: À l'encre du destin
  Tome 1 : À l'encre déliée
  Tome 1.5: À l'encre de ton âme
  Tome 2 : À dessein prémédité
  Tome 3 : D'encre et de chair
  Tome 4 : Attrait pour trait
  Tome 4.5: À l'encre des secrets
  Tome 5: Entre les lignes
  Tome 6: En pointillé
  Tome 6.5: À l'encre de nos rêves
  Tome 6.5: À l'encre de tes yeux
  Tome 7: Nos desseins ravivés
  Tome 7.3: À l'encre de nos vies
  Tome 7.5 À l'encre de nos choix
  Tome 8: Motifs troubles
  Tome 8.5: À l'encre de ton corps
  Tome 8.7: À l'encre de l'espoir

Montgomery Ink:

Tome 0.5: À l'encre de ton cœur

Tome 0.6: À l'encre du destin

Tome 1 : À l'encre déliée

Tome 1.5: À l'encre de ton âme

Tome 2 : À dessein prémédité

Tome 3 : D'encre et de chair

Tome 4 : Attrait pour trait

Tome 4.5: À l'encre des secrets

Tome 5: Entre les lignes

Tome 6: En pointillé

Tome 6.5: À l'encre de nos rêves

Tome 6.5: À l'encre de tes yeux

Tome 7: Nos desseins ravivés

Tome 7.3: À l'encre de nos vies

Tome 7.5 À l'encre de nos choix
Tome 8: Motifs troubles
Tome 8.5: À l'encre de ton corps
Tome 8.7: À l'encre de l'espoir

Les Frères Gallagher:
Tome 1: Un amour nouveau
Tome 2: Une passion nouvelle
Tome 3: Un nouvel espoir

Redwood:
1. Jasper
2. Reed
3. Adam
4. Maddox
5. North
6. Logan
7. Quinn

Griffes
1. Gideon

Pour plus d'informations, abonnez-vous à la LISTE DE DIFFUSION de Carrie Ann Ryan.

À PROPOS DE L'AUTEUR

Carrie Ann Ryan n'avait jamais pensé devenir écrivaine. C'est seulement quand elle est tombée sur un roman sentimental alors qu'elle était adolescente qu'elle s'est intéressée à cette activité. Lorsqu'un autre romancier lui a suggéré d'utiliser la petite voix dans sa tête à bon escient, la saga *Redwood* ainsi que ses autres histoires ont vu le jour. Carrie Ann a publié plus d'une vingtaine de romans et son esprit foisonne d'idées, alors elle n'a guère l'intention de renoncer à son rêve de sitôt.